若可以，

我愿那时的你一直在北方，

你的一草一木，

皆是北方。

——《我把北方念给你听》

目录
Contents

生生死死：世间的黑白发

阿蛮 / 2

你好啊，芒岁岁 / 12

寡妇西梅 / 25

疯娘秦楚 / 37

我父亲是黄河捞尸人 / 48

我爱的姑娘苗凤凤 / 60

屠夫阿应 / 72

灵娃 / 85

来来去去：一草一木，皆是北方

我把北方念给你听 / 92

卑微地爱过一个姑娘 / 103

你的姓氏，我的名字 / 119

请回答我的一九九三 / 131

母亲为我从过良 / 144

我也不是生来就是流浪狗 / 155

兰州的街巷不欺负歇脚的旅人 / 168

邓记杂碎 / 178

平地起风：冷风下的手艺人

未完成的皮影 / 192

灵魂摆渡人 / 200

漆画馆 / 216

西北以北 / 233

我曾经是个小偷 / 247

爷爷和一头驴的故事 / 262

时间会摆平所有的恨，

让爱留在有生之年。

——《兰州的街巷不欺负歇脚的旅人》

生生死死：世间的黑白发

在这个年代里，有的人死了，有的人活着，有的爱情成了笑柄，有的守望被埋进泥土。那些生生死死的纠葛，最终都被时代淹没。

阿蛮

一九七一年，周总理去陕北看到大山秃了百姓的脸，米缸空了百姓的胃，难过之余，洒下泪。

关中，因它地处四座关隘之间。

阿蛮生于陕北，成长于八百里秦川。

花市灯如昼。

窑洞里的人啊，直唱了半宿。厚积的白雪挨着洞子刮了个遍，刚好卷起了羊皮下的枕沿，阿蛮爹屋头的烛光便照进了屋子。阿蛮躺在床上，眼睛看着月。心里觉得啊，这五个字，真是美极了。一想到要嫁张家的男子这件事，就连陕北这粗犷的天地都变得温柔了。

阿蛮这般喊愣子哥——张家的男子。

阿蛮生于二十世纪五十年代，蹚着"大跃进"、三年自然灾害、"文革"的浑水挨个走来，唱遍了狂风喊暴雨，愣是长到嫁人年。

"也罢也罢咯，那就换亲，女娃大了留不住，早过河早干脚。"阿蛮爹坐于堂屋，面前一团火，旁边烤着早起去合作社劳作被露水打湿的大羊皮棉袄。阿蛮娘坐在炕边纳鞋底，心想："换亲的事就到眼巴前了啊。"

一九七一年的陕北，米缸空了胃，山秃了百姓的脸，整个陕北民生艰难。一些条件艰苦的贫农就以"换亲""三转亲"来得一儿媳，免断香火。

胡家的女嫁予白家的男，白家的女又转而嫁予胡家的男，你家的来我家，我家的去到你家，等价交换，公平买卖，不失分寸，可传宗接代。

阿蛮十六岁，像瓢儿熟透挂于枝头，正值换亲年龄。她哪里知道换亲是啥，她只知村头绥二土地主家的六个儿子，媳妇来自甘肃、四川、河南一带的好几个地方，东家西家凑到一起，就是“五湖四海”。她娘总站在山头最高的地方，拿着羊鞭，赶着羊群，望着远方说“八百里秦川关中是好地方”。

而阿蛮眼里，满是张家的男子。

她一出生，便与众不同，脚先挨着这片土，头后出。阿蛮爹总说，丫头是逆天的，好坏于人，得仰仗老天爷。她喜素，爱开襟裙，却不喜陕北棉袄。她总穿一套开襟裙，大冬天里，裙里面裹着棉袄，猛一看，像南方清水出芙蓉般的姑娘。

那时她在三屋睡，住东面第二个房间。木门，上面有一把铜艺锁，门前铺了土砖。西面，是贴的大红福字已经掉落的旧宅，年久失修，有土井。她生性爱闹红火，陕北人的特性。有一件绣着梅花抽丝底的秧歌裙，一贯的红色。腊月的天气，绯红的肌肤在冬雨里泡过，冷度退了不少。

腊月里男子也不再赤肩裸膊，穿上了羊皮棉袄。锣儿敲，歌儿唱，走村串户，转院拜年。到了谁家，就算为谁家驱了邪，驱了病，保四季安全生产，无病无灾。裼歌是秧歌的开头，《论语·乡党篇》记：“乡人傩，朝服而立于阼阶。”以此开头，延续百年。

阿蛮少女情怀哪能隐退，她不如意地收了腰身。细看秧歌队里的愣子哥，一条黑色尼龙裤，一双黑色纳底鞋，走到哪里都像是裹着黄土地那般豪迈。这真是适合挟天意以令爱情的好时节啊。她并不寻爱情，也从不介意。

她只是喜欢在每一个天气晴朗的日子里，穿过一个又一个山头，去往愣子哥那里。遇到山上的寺庙，她就进去拜一拜，只撢灶灰，给佛龛兑上供奉的香油，然后便继续走。拐了好几个弯，就碰见愣子哥。

愣子哥赶着羊群，骨节分明处的嘴里就喊着阿蛮从小听到大的《刨洋芋》:“土溜溜的蚂蚱，满呀么满地爬，举起那个镢头，来呀来把洋芋刨，一镢头那下去，翻过来瞧一瞧，哟，这么大的个儿，哎哟你说妙不妙？”

阿蛮就朝着愣子哥喊:“愣子哥，贼好听嘞。”

愣子哥转头时就看见阿蛮在地头对他笑，深得他的喜欢。他知阿蛮有扭秧歌的好本事，尤其是米脂秧歌。

他知她的心灵手巧，知她的与众不同，只是他也知阿蛮再过几年，就得嫁到八百里秦川关中那个好地方。愣子哥十岁时，他娘就趴在炕头对他说:“阿蛮以后可是要去关中大户人家的，她可不会跟你过嘞，俺家没钱，俺以后，也是要拿你妹给你换媳妇的。”娘的这几句话，就像那刚冒尖的刺垓垓，扎在十岁的愣子哥的心尖尖上。

夜里，阿蛮爹说:“明晌午就嫁吧，翻了老皇历，易嫁，权当在这乱世，拿蛮娃孝顺老天爷了。”

阿蛮翻下炕头，跑出屋，西面墙上贴的大红福字被阿蛮翻身的劲头震了震，顺着窗户，飞了出去。阿蛮蹲在爹身旁，睁大眼睛:“爹，是嫁愣子哥不？”

阿蛮爹半晌憋出一个字：“嗯。”

阿蛮的心尖尖上就开了花市，直唱了半宿，那晚，天地都是温柔的。

没有花，没有喜，问你如意。蛮家的女子头披鸳鸯红盖头，纳底柜，立蓝瓷玉，等吉辰。娶亲的男子正月宜，昭昭衣襟，皆有红喜。爱人王字，上头酒。

辰午申一到，三大喜开门，唢呐吹，凤轿抬，阿蛮跪了祖宗和爹娘，喝了酒。阿蛮娘端着一盆子水乌泱泱洒在门口，陕北民俗嫁女泼水，意嫁出去的女儿泼出去的水。睡海棠被，枕鸳鸯枕，两顿喝一柞并齐耳。

阿蛮想，虽是嫁愣子哥，都是一个村的，礼节不能唐突，这一走，便是一生啊。

阿蛮迈了火盆，头盖红绸，上了花轿。妄动四目高声，夕阴攘怀，嫁女，也就是蛮家这般大动干戈。阿蛮在轿里喜上眉梢，心里暗自唱着：“蛮家的我啊，张家的男子啊，好名好姓的你啊。”花轿经过庙门，三五个大汉用红毡挡住庙门，待花轿过去再取掉。路遇丧事不回避，反倒被赞吉兆，寓意“白头到老”。阿蛮坐于花轿中，盖头一直没取，走时娘说了，红红火火一盖头，喜事到老。

喜轿走了三天有余，还在路上。阿蛮细心一想，路程不对。抬轿工隔一层头纱讲：“大姑娘嫁人头一回，绕着山路走五天咧。”

阿蛮就问：“为啥咧，楞子哥家不远啊？”

抬轿工对着漫天黄沙，和阿蛮讲：“规矩！”哪个大姑娘家的知道嫁人是咋回事，阿蛮也没多想。

第五天，喜轿到。阿蛮穿上花鞋，下了花轿。阿蛮下轿后，过来一胖妇撒麦草秸于阿蛮盖头布上，随撒口中随念：“一撒草，二撒草，三撒媳妇下了轿；一撒金，二撒银，三撒媳妇进了门。”阿蛮被牵下花轿，踩着芦席，由胖妇陪送到洞房。

中午时分，几声炮响之后，阿蛮在胖妇陪同下，行至堂前，行拜堂礼。一般一拜天地，二拜父母，三拜夫妻，四拜亲戚朋友。拜完堂即开午饭，以酒菜为主。

饭后，胖妇铺床，边铺边说：“铺床铺床，儿孙满堂；先生贵子，后生女郎；富贵双全，永远吉祥。”

晚上闹洞房，来的后生特别多，有的敲打地面，有的装傻，有的扮哑巴，有人趁机摸阿蛮的奶子，阿蛮在盖头底下脸红得直冒冷汗。隔许久，盖头褪去，阿蛮脸儿露了出来，可是站在眼前的不是愣子哥，她坐于炕头，抓了炕头一把桂子扔向面前这个男子。

“你、你、你，你是谁？”阿蛮已语无伦次，生怕得紧。

这男子面红得像桃花，矮个子，左脸一块疤，像是被烫的，发紫又难看。阿蛮脸挂泪，一颗两颗，湿了新床单。她起身拿了烛台砸向男子，欲跑，被男子挡在床上，压住。

“我是你以后的男人赖子。跑，你要跑哪去？这是关中，离你的陕北远了去了，能跑哪去，小娘子？”

阿蛮得知自己在关中，细想是从娘嘴里听过几次，原来她是被骗来换亲的。她放弃了反抗，紧握着的拳头渐渐展开，眼角挂泪。阿蛮被赖子拉上了炕，解开了衣扣，解开了裤带的死结，一件一件慢慢地脱下。赖子呆呆地看着，直到阿蛮脱得只剩下了贴身的翠花短衫和红裤头，他才像饿狼一样扑了过去。阿蛮也不躲闪，她拉灭了灯，任赖子爬上身。赖子褪下了她的红裤头，显得紧张而又慌乱。阿蛮像死了一样，一动也不动，泪水潸潸地淌了下来。赖子要拉灯，她猛地说："你拉灯，我就死给你看！"

关中的风啊，像陕北山间的狼一般吼。雪大，夜，死一般寂静。

一九七二年，壬子年。

陈毅在北京逝世，享年七十一岁。阿蛮认不得陈毅，只知道那是爹时常挂在嘴边的陈毅将军。

也是这年，阿蛮喜得一男娃，起名胡烈火。赖子问："为啥叫烈火？万一这把火把家烧了咋办？"

阿蛮望着窗户外北去的路，那路弯且长，通往陕北，可能这一生，她都再也无法踏足那个地方。她又看一眼赖子，看看这生活了一年的家，有她编的喜漏子、大筛板、酿酒的，随处皆是她的影子。她心想，也罢也罢，就在这关中，和我的娃，过一生足矣。

"世有男儿，生于烈火。"

"刃上淬酒，心如热雪。"

赖子顺着阿蛮的目光望着那条路，又看向阿蛮："蛮儿，这路都被你看出花来了，天天看日日看，腻不腻？刚才那句文绉绉的话谁教你的？"

"俺就只会这一句，赖子，去拿编漏，我来编。"

"坐月子呢，编啥编？"赖子不去。

"让你去就去。"阿蛮说完，扎起发，盘起头，铺平炕，拿起编漏编起来，手里反复左右拐，一朵朵花就在阿蛮手心散开。那以后，阿蛮再没望过那条看不见头的路。

烈火长到四岁时，阿蛮总算得点空。她在胡家大院捯饬数月有余，把胡家出了名的大石头挪于崖下，和赖子两人把崖填平，大门口总算可与大路相连。阿蛮把这些年四处寻到的有用的物品，都放在一个仓库里。在赖子的帮忙下，把陕北特有的黄酒搬到了沧桑有力的关中。

阿蛮收集黍子，糜子有竹糜、小糜子、黍子几种。竹糜植株高大，穗子大，颗粒白色，个大，碾成米叫大软米，是做糕的上好原料，一般种得少，阿蛮用它的穗子扎笤帚拿去集市卖。小糜子也叫硬糜子，碾成米叫黄米，用来做炒米，做黄米饭吃。黍子碾成米就是软米，阿蛮用它来蒸糕，炸油馍馍，做黄酒。

做黄酒先要做酒曲，把玉米和麦子生芽，芽长到一寸长，就要晒干，推成面，做成曲面，也有卖现成的酒曲的。阿蛮把软米煮成稀饭，加上曲面发酵，然后赖子再用小磨磨成糊糊，小磨下面放大盆，盆上放架子，把小磨置于架子上，赖子坐在旁边，一手转小磨，一手拿勺子舀饭喂磨，喂一勺，转几圈，磨好的糊糊顺着磨扇往下流，一股酸甜的酒香味弥漫在整个窑里，老香了。

赖子磨一下，笑一下，最后笑弯了腰。阿蛮问："你笑啥子？"赖子就说："俺换亲换来一能干的婆姨，值值的了。"

过年，阿蛮就拿来黄酒在门口架起小摊卖。数九腊月，吹鼓手们反穿一袭白羊皮大袄，五六人围着一堆熊熊烈火，看着袅袅云烟，温酒论艺技，等春节到来。一杯黄酒下肚，美到心坎里。

阿蛮成了关中一带的名人，成了酿酒家。别家效仿她，总是失了那灌进心坎的味道。从此关中人就迷上了黄酒，生离死别之际，悲恸欲绝，三碗酹祭黄土，哭声动地叩魂归。结婚满月，大摆筵席，满桌佳肴，配一壶黄酒酩酊大醉；如遇好年成，关中人绽开笑颜，一壶烧酒下肚，满目憧憬话来年。

阿蛮给她家酒起名——长情欢。

长情欢一喝，便是二十年的窑。

阿蛮一吆喝，便是二十年藏的窖。

一九七八年，关中一带告别人民公社"一大二工""大锅饭"的旧体制，实行包产到户。

赖子拿着镢头，扛着锹欢欣雀跃地下了地，阿蛮也做了饭，等赖子回来。

晌午，锁二家的婆姨喊阿蛮："赖子家的，出事啦，出事啦，地里出事啦。"

阿蛮赶去东罗湾新分的地头，赖子躺在地中间，手里拿着镢头，浑身都是土。阿蛮跪下，摇晃赖子："赖子，你是咋了？赖子？"

锁二站在一旁："死了……"话还未说完，阿蛮跳起来，抓着衣领就打，锁二的婆姨拦住阿蛮："今天队里分地，你家原本以前就有点地主资本家性质，按理说不能给地，是队里看在你阿蛮勤奋，搞的黄酒不赖，这才分了块小的，可是赖子不管，非得横，拿起镢头就打队里来的人，结果不知怎的，队里也打……"锁二的婆姨越说声越小，"最后一个伤，一个躺在这……"

阿蛮试图让赖子起来，她蹲在地里翻赖子，可是翻不动，阿蛮就在人堆里使劲翻。好不容易翻过身，阿蛮就看见赖子身上血迹斑斑的模样，脸上都是泥，阿蛮用手使劲擦着，直到擦干净。摸完赖子的额头摸眼睛、鼻子、嘴巴，最后摸到喉咙，趴在赖子身上大哭。

那是八月的天，热得如一团火的风刮在上空，猛呼吸一口，嗓子发干。

赖子被埋在新分到户的地中间，阿蛮放了一壶酒在坟头，她的泪流干，心碎干。

阿蛮成了寡妇。七十年代正经转变的家国，刚挺过动荡不安，来不及接受戾气、晦气之人。寡妇就是这类人。家里没了男人，阿蛮成了寡妇，长情欢再没卖出去，家门口离地三里地处，再无人影。

烈火六岁，被退学在家。

阿蛮心有傲气，咽不下这口气，望着窗户外北去的路，拉着烈火，踏上回陕北的行程。

秦岭北麓渭河，南有东西走向的秦岭横亘，北有六盘山屏障，横跨甘肃东部和陕西中部，全长八百一十八公里。

阿蛮哪是能迈过这般大山到往陕北的，一辆马车，一袭棉袄，一床被，车上载着烈火就起了程。也罢，想活着，只有陕北，它山大性烈，容得下他们母子。

可那或许是阿蛮走陕北的最后一次，就像飞于南方之鸟，不再飞回。

十月份时，关中一带插队的老知青在渭河一带的河坝边上发现阿蛮，怀里抱着烈火的棉鞋，而烈火，在刮着刺骨大风的夜里，被狼叼了去，再无踪影。二十三岁的阿蛮，做了娘，白了发，满头银丝，蜕于洁白，死于洁白。老知青安排队里的老妇给阿蛮换了衣服，梳了辫子，阿蛮手里紧紧攥着尕棉鞋，一言不发。城里来的老知青看着阿蛮感叹："命运最残酷之处，莫过于此。"

阿蛮就是这般吧。一言不发，满头银丝地淌着改革开放的水流经岁月，一九七八年十月国务院恢复高考，她就坐在大槐树下，看着满村的娃进城读大学的景象，许久，起身，进了院子。老妇看着她捯饬，盘发，收拾围裙，手里拿的簸箕掉在地上，大惊："这姑娘活过来了，活过来了。"

八十年代初，"换亲""三转亲"淹没在旧时代的风雨摇篮里。

而阿蛮酿的黄酒从关中大山走出，流经大地。

用嘴轻啜一口，搅动整个舌头，徐徐咽下后，美味的感受非纸上所能表达。如此轻啜慢咽，且不豪饮赌胜，三五次下来，如果能适量饮用，不致头晕乃至醉倒，便再也不肯放弃这杯中之物，堪称一绝。

七月的一天，雨急风骤。阿蛮门前的桃儿落了一半。那酯尽绿水青山的日月坛，在那一天，被桃儿装满。那是她行道迟迟的一生中最冷的一个夏天。那天，阿蛮酿了一壶酒，用的酒糟，是她眼里的泪。

她说："今天是烈火娃的生日，这酒就叫共长生吧。"

行道迟迟，载渴载饥。

行道迟迟，载生载死。

你好啊，芒岁岁

一九九三年夏，天很蓝，云很白，芒岁岁站在阳光下，头戴帆布帽，笑得很开心。

一九九三年夏，蝉鸣声盖住整个夏日，黄河水挟裹着石子拍打着河岸，中山桥边的柳树，散落在阳光下。芒岁岁背着格子书包，手扶栏杆，一步一步，跨过中山桥的人行道。

也是这年，我捂住嘴巴，对着流淌千年的黄河喊："芒岁岁，你好啊。"

"芒岁岁莎莎，你好哇。"

"李一年，你好啊。"

兰州话唤美女作"莎莎"。

1

一九九二年冬，面前一盒"中南海"，一碗牛肉面，还有一只波斯猫。

"中南海"的烟味呛人，这只波斯猫鼻子刁，闻不得。

火炉上烧的橘子皮翻了花的时候，白芬芬把一张照片递给我，照片上的姑娘穿一件做旧蓝色格子衫，梳着两条麻花辫，模样没看清，只隐约看出很清瘦。

白芬芬说，去见见呗。

一九九二年，全民炒股开始。巷子口的旧音响店整日放着《同桌的你》，那个年代，不管黑猫白猫，能捉到老鼠的都是好猫。那是一九九二年的天空，兰州的上空少了兰石化排出的污烟，多了几只白鸽。

那时候，东方红广场还没有白鸽，中山桥翻修第五次，黄河上随处可见的，是临夏的羊皮筏子，我家楼前的马保子牛肉面馆还在，老人喜欢成群蹲在马扎上晒太阳。

这年啊，我二十五岁。

我也不认识芒岁岁。

我穿一件黑褂子，身体裹成粽子状，撑一把黑伞走在入冬的巷子里，到了新华书店门口停下。靠墙点根香烟抽完，轻轻推开书店的门。

我进门三分钟后，那个照片里的姑娘，怀里抱一本茶色封皮的《百年孤独》，探头推眼镜，慌慌张张地朝我走来。

近一米处，她站定，然后问我："你是李一年？"

"嗯。"

"啊，不好意思，来晚了。"

"没事，坐吧，我也刚到。"

这个气氛你大概能猜出来是相亲了，照片里的姑娘手里捏着我的照片，随后夹在书页中，端坐身子，抬头看我。

我开口的第一句话是："你叫芒岁岁？"

她答："是。"

我又问一句："几岁了？"

她愣了下，不好意思地回答："二十岁。"

"二十岁就出来相亲？"

我承认我是话题终结者，这句话问完，我们俩都不讲话了。她干坐着，翻那本《百年孤独》，她的发很长，扎起来能到腰部。她的脸颊很白净，白里透红的嘴唇上，多了一颗黑痣。

那天天黑得很早，黄河没了往日的娇羞，开始狂躁起来。

我跟在芒岁岁身后，看着她一步一步迈着步子，踩着青石板小心地往前走。

走到黄河人家的红墙处，芒岁岁停下，转身，朝我鞠躬。

之后她说："我到了。"

"哦。"

我转身开始往公交站走，站在马路对面，我看到她轻碰铜艺锁，推开那扇红门，像素日里见到的白鸽钻进天空，没了踪影。

黄河发出狂浪般的巨响，在那样的夜晚，显得蠢蠢欲动。

2

一九九三年夏，天很蓝，云很白，芒岁岁站在阳光下，头戴帆布帽，笑得很开心。

那是我第一次相亲。

我以为，我和芒岁岁不会有什么瓜葛。

那次相亲后的半年中，我和芒岁岁都没什么交集。《编辑部的故事》捧红了李冬宝等人，白芬芬整日守着电视机看李冬宝，我在她的催促下，再次和芒岁岁见面。

白芬芬说：“那姑娘家庭好，知识分子，你抓紧点。”

地点是在兰大校园，芒岁岁的黑皮箱卡在阳台上下不来，我不偏不倚刚巧赶上，进了宿舍楼，把皮箱生扯下来。她递给我一个不锈钢的杯子和饭盒。

芒岁岁说：“你拿着这饭盒去楼下邮政，就说我的包裹少了这些。”

我火速下楼，把杯子和饭盒塞进绑好的绿袋子中，走到楼下的时候，就看到她们宿舍楼上挂着“恭喜一九九三届毕业生顺利毕业”的大红横幅。

芒岁岁顺着楼梯，从人群中挤下来，她拉我站在房檐下，问我：“来干吗？”

我说：“看看你。”

她就笑，笑完说：“咱俩好久不联系了，我以为你忘记了呢。”

“哪能啊，这不刚好帮你搬东西。”

那天下午我帮她搬了很多东西下楼。

宿管收钥匙时，她擦一把眼泪，把钥匙递过去，出来的时候她和我讲，四年的记忆，都锁进了那间宿舍。

我好像从她身上，看到了荒废的四年时光，在兰山脚下，嬉笑打闹的时光，一去不复返。

那晚芒岁岁和我不再陌生，我们撬开黄河啤酒，坐在烧烤摊上，唇红齿白，一口啤酒下肚，周身畅快。

她的舍友有陕西的，有宁夏的，还有两个河北的，操一口地道的家乡话吱吱吱喊半天，芒岁岁也用兰州话吱吱吱回应，神奇的是，她们沟通居然没障碍。

酒过三巡，芒岁岁举杯朝我走来，说了声："谢谢。"

我假装叹气："我妈逼我来的。"

芒岁岁就大笑："哈哈，阿姨和我妈妈关系挺好的，我妈妈也爱逼人。"

我又问她："那你也是被逼来的？"

她仰头喝一口啤酒，看我一眼，嘴角扬起，再没说话。

芒岁岁毕业后进了兰石化，进厂的第二天就被分配到青海西宁去工作，走的时候我不知道，可能因为时间紧急，她没有联系我，也可能她觉得没必要联系。

她去西宁的第三个月，我被领导安排到沙坡头出差。

心血来潮，就想见见她。我改了行程，先去了西宁。

到西宁的第一天晚上，我和芒岁岁见面。

她请我吃手抓羊肉和杂碎。

芒岁岁说："来了西宁才知道，原来还有杂碎这种东西。那是一碗有羊肉的汤，汤碗里掺和着大西北人的淳朴和青海人的豪爽。那一碗碗杂碎，吃的或许不是汤或者肉，大概是清汤寡水的寡淡和九十年代的生活。"

我和她走在西宁的街上，顺着人行道走啊走。芒岁岁就讲她在西宁的见闻，她去青海湖时被冻成狗，她做的案子被批，她的失误和不小心。

过红绿灯时，我探过外套，抓住她的手，与她十指相扣。

那一刻，我的心，五味杂陈。

我没抬头看她，我害怕，那抓在手心的温柔，会在我意料之外时滑脱。

我牵着她走了很久，走到了第二个红绿灯。

她停下，一跃跳到我面前，脸冻得通红，眸子间闪烁的，是透过红绿灯闪烁的光。

芒岁岁问我："现在还是一个人吗？"

我答："嗯。"

她又说："我也是一个人。"

我说："好巧啊，芒岁岁。"

她转身的时候，我拉过她的手，她的整个身子被我揽在怀里。

我说："那我们凑两个人吧。"

很久很久，久到不知多长时间。

我看到她的嘴唇一张一合，那红唇白齿相交间，说出的字是"嗯"。

那是一九九三年十月。

大街小巷播放的歌，从《同桌的你》变成了《小芳》。

3

一九九三年夏，天很蓝，云很白，芒岁岁站在阳光下，头戴帆布帽，笑得很开心。

我想她。

真的想。

在沙坡头的第三天，我就开始想芒岁岁。那感觉就像是雷遇到风，就像起了化学反应，一切水到渠成时，思绪就开始狂风暴雨。

我猜测，思绪狂风暴雨时，黄河上也娇羞不起来。

其实你不知道，黄河对于兰州人来讲，就像那碗牛肉面，走到哪，都通灵性。面是兰州人的根，而那条黄河，是兰州人的魂。

这种深情的话不是我说的，是芒岁岁说的。

她给我寄来的信里，有一张母亲河雕塑的照片，芒岁岁小小的，站在雕塑旁傻笑。

那一刻，我的所有思绪，都被带到了西宁。

山青海清，有芒岁岁的西宁。

等到圣诞节，一张绿皮火车票，一个黑色挎包，我从中卫出发，途经景泰，坐了十小时火车，到了西宁火车站。

芒岁岁戴一顶红色帽子，脸藏在围巾下，我把她拥在怀里，我们在火车站完成第一次接吻。

顺理成章，我们做了情侣该做的。

圣诞节，夜很黑，芒岁岁在我身下，展现无尽温柔，那是我们的第一次，我们格外珍惜。第二天走的时候，我们偷偷把白色床单装在包里带走了，那上面有芒岁岁的处子之血。

这是我和芒岁岁的前一半故事。

一九九四年春，我们一起调回兰州，我带她去了巷子，她望着漫天盘旋的白鸽叹息，可能以后会一直生活在这条巷子里了。

白芬芬自然是欢喜的，招呼里外，还做了她拿手的红烧肉。

那晚，我和芒岁岁睡在我的小床上，我们听了张国荣的很多歌曲，芒岁岁踩着小板凳，翻出我珍藏多年的磁带，有邓丽君的，有张学友的，还有很多读大学时，学长写的追女生秘诀。

芒岁岁说我傻，不会追。

那时候她剪了短发，像蜡笔小新。

也是这时我才发现，爱一个人，跟头发长短没关系。

那年腊月，芒岁岁怀孕了。

她告诉我时，我拉她到中山桥，当着来往的人，拼命亲她，亲到骨头差点碎裂，亲到眼泪打滚。

我捧着她的脸，对着白塔山，轻唤她的名字：

“芒岁岁，你好啊。”

她也轻唤我的名字：

“李一年，你好哇。”

一切都是顺理成章的刚刚好，没有那么多复杂的故事。以前我还会想，结婚时是什么样子，结婚后又是怎样的，那些被生活磨平的棱棱角角，其实不是对我们的惩戒，更多的是，教会我们冷静。

我和芒岁岁，一切也是刚刚好。

我们准备结婚，她带着我去了临夏老家，我们去刘家峡捡石子，去逛每一条灯火通明的巷子，去走每一条十字街。

芒岁岁说，她犯懒了。

那时候她怀孕三个月，孕期反应明显，半夜里端坐着身子喋喋不休，很好地诠释了一孕傻三年。

那时我们已经结婚一个星期左右，一切才刚刚开始。

我们养了一条秋田犬，拴在院子里的葡萄树下，芒岁岁每天都会穿一双拖鞋，蹲在秋田犬跟前玩耍。

我每晚七点多下班，下班后能吃到她做的各种面。

一九九五年六月的一个凌晨。

芒岁岁一阵腹痛，我连夜送她去了经常做检查的医院。我的耳朵就像灌进了黄河水，被搅得一发不可收拾。

半个小时后，大夫出来宣布，生下一个死胎，是个男婴。

整个走廊顿时炸了锅，白芬芬一屁股坐地上开始大嚎，几个亲戚坐立不安，靠在医院的白墙上小声哭泣。我的近一米处，是一堆烟头，那是我们结婚以来，我第一次抽烟。我盯着的，是前面那扇大门。

此时心里能想到的，早已不是孩子，而是躺在病床上的芒岁岁。

若干年后，每次午夜梦回时，都会被惊出一身冷汗，无数次问过自己，对那个孩子真的不惦记吗？

其实，我也不知道答案。

4

一九九五年夏，天很蓝，云很白，芒岁岁站在阳光下，头戴帆布帽，笑得很开心。

那是芒岁岁的劫，我的难。

自那开始，芒岁岁整日整日发呆，半年多没上班，待在阳台上，要么下楼蹲在秋田犬旁边，抚摸着秋田犬的毛发。

秋天时，叶子落了一地，少了银装素裹，多了几分秋意。黄河边上的柳树落了叶子，只剩下一棵棵枯树守着这条黄河，像老者，又像是少年曾经的模样。

有一天芒岁岁和我说，想去兰山了。

我带她爬了五泉山，到了兰山顶。她站在兰山上，斜眼看整个兰州城，早已没了清新如初的样子，到处都是弥漫着废气的雾气。

芒岁岁站在兰山上，伸手拉我，就几米远，我被雾气罩住，看不清她的模样。

她说："以后我们再生一个吧。"

我们坐缆车下山，二十分钟就到了五泉山脚下。

白芬芬对她不好，再也没了以前的亲切。白芬芬住在老家，几个月才来一次。每次过来，白芬芬都指着芒岁岁的肚皮埋怨："夭折了一个，赶紧再生一个呗，都几年咧。"

芒岁岁郁疾缠身，她的等待，却让我等来了她的无限猜测。

二○○○年，我把工作辞了开始创业，搞了一家装修公司，起步阶段遭遇很多白眼，在外应酬有时候长达一个月，回来时，她什么话也不说，抱起被子去了次卧。

我会在半夜听到她捂着被子哭，怎么敲门她都不打开。

她给我的理由是，我不爱她了，我有了新的，在外即使有什么，请我一定要告诉她，她不想做不明白的人。

她隔着门跟我说这些话时，我蹲在门外抽着“中南海”。

这烟味，很苦。

杀心的那种苦。

有时候我很好奇，女人到底是什么生物，她们能联想到的，是你永远无法猜测的，因为忙忘记回短信，要么一晚上没打电话，就会有千丝万缕的想法涌上她的心尖。我想过很多次芒岁岁，却无法解释她的这种心态。

白芬芬说，再生不出来就离婚。

这种话进了芒岁岁的耳朵里，等我回去时，她就不见了。

那是我公司起步稳定后的第一个月，我本打算回去带她去新的城市生活。

大门紧闭，是我见到的第一个状态。

院内的秋田犬饿得皮包骨，见我进院，它挪动瘦小的身子，发出细丝般的哼叫，朝我摇尾巴。

我开始疯了一样找芒岁岁，却杳无音讯。

你无法想象一个人疯癫的状态，那种半夜被噩梦惊醒是什么感觉，那种走在某条街头，渴望遇到一个人是什么感觉。

五脏六腑，都是芒岁岁。

这就是我和芒岁岁后半截的故事。

我还在找，有的人说，在青海遇见过她，我开车去青海找。有的人说，在嘉峪关遇见过她，我开车去嘉峪关找。有的人说，在黄河中山桥遇见过她，我又去中山桥找。

这些人，说话的时候，老爱带着“听说”两个字。

刚巧，我对真假，早已失去辨别能力。

5

二〇一〇年夏，天很蓝，云很白，芒岁岁站在阳光下，头戴帆布帽，笑得很开心。

二〇一〇年一月，出现象限仪座流星雨，北京是最佳观看地点。

二〇一〇年四月，中国演员雷明逝世，享年七十一岁。

二〇一〇年世界杯足球赛决赛于二〇一〇年七月十一日在南非的足球城体育场进行。

大街小巷，家门口的旧音响店，整日循环播放的是金莎的《星月神话》。

二〇一〇年腊月，广播上插播一条新闻：

据报道，广东东莞查出一个传销组织，该组织头目是甘肃兰州人，从兰州迁移组织到广东，整个组织以生产假冒伪劣减肥药为主，现已被警方查获。现将该组织传销人员名单公布如下，请各位家属看到尽快联系。年龄最小的只十五岁。

前三秒钟，我怀里抱着波斯猫，刚打开手机推送的广告。

屋外是一片白雪，盖住整个兰州城。

黄河的水啊，安静得发烫。

我抬头，眯起眼睛，扫一眼屏幕，瞬间，发出骨头碎裂的响声。

波斯猫从我的怀里蹿出，钻到了桌子底下。

芒岁岁。

芒岁岁。

人事已非的景色里，你过得可好？

午夜梦回时，是否会想起那个蝉鸣声盖住整个夏日，黄河挟裹着石子拍打河岸，中山桥边的柳树，散落在阳光下。

你背着格子书包，手扶栏杆，一步一步，跨过中山桥的人行道。

我捂住嘴巴，对着流淌千年的黄河喊：

“你好啊，芒岁岁。”

“你好哇，李一年。”

寡妇西梅

1

王柱死了，搞事时死的。

这丑事，弄得满城风雨。王柱家门口挤了一堆人，王柱躺在炕上，裸体，被一条白布盖着。西梅是王柱媳妇，穿一件红花裙在门槛上坐着。

没多久二叔和村主任来了，在屋内转悠了半天，又看看面无表情的西梅，叹了一口气，说："有毛病，天天做，你俩也不害臊，柱子本来就有心脏病，你还这么折腾他，该啊！"

西梅不说话，继续在门槛上坐着，她有时候抬头看看王柱，暗自发笑，又沉默，反复无常。村里人都说，这女人啊，是性欲太强了。

那天院子里围着的多数是男人，他们蹲在地上，歪着头，眼珠子瞪得老大，去瞅西梅的乳房，有的索性蹲在她身后，试图去摸那红裙底下丝滑柔软的肌肤，被电击一般的感觉从指头缝顷刻间传入大脑。

王柱死了，这成了村里的奇葩事。

西梅更是成了妇女们唾弃的女子，她走在路上，会有一群小孩过来围着她骂："破鞋，破鞋。"妇女们在田间劳作时，扛起锄头挖地，嘴里叨叨念着西梅："这骚货，嫁进咱村时就不一样，你是不知道，她眉眼间都是狐狸精的模样，还整日穿着红裙子到处蹦跶，我家那老不死的，前几天还专门进城买了望远镜偷看这骚货洗头发，啊呸！现在男人死了，她得守寡，要还是管不住下面那张嘴，到处偷吃，我可不饶她！"

我娘也连连点头，频频答应。

我问娘："下面的嘴是什么啊？"

我娘赶紧捂住我的嘴："好好挖你的地，把耳朵给我堵好了。"

2

那时候我十六岁，读初中。

生物课上，把"睾丸"读成了"贼丸"，引得全班捧腹大笑。生物老师面红耳赤地说："去去去，出去罚站！"

十六岁，身体发育飞快，个头在同学中冒尖，浑身散发着荷尔蒙的气息，脑袋瓜子随时可能迸发出千万种想法，比如说思考人生，或者是红绿灯下，拐弯处，到底是该行走，还是按照规则；如果按照规则，闯红灯的人又该如何计算。我们从子宫来，却总是唾弃女人的子宫，吃着奶长大，在某个年龄阶段，对女人的巨乳越发垂怜。

世人表象，却逃不过性和欲。就像马路上不看红绿灯突然碰撞的车，出了车祸，才知是违章制度在心里驻扎已久。

男孩子在一起，除了学习、翘课、打游戏，最多的就是在网吧，围着一台电脑看片。那时候心智处于萌芽状态，爱极了裸体之女，这就像是胃里沾了口香糖，你想尽办法去撕扯，奈何够不到，碰不着，如鲠在喉。

所以你看，西梅理所应当地成了男孩意淫的对象。原因也不奇葩，能把自己男人弄死的，估计也就她了吧。每次放学，回家做完作业，狗子他们屁股后面跟一条黑土狗，耷拉着两个耳朵，从我家门槛迈过，一进屋，钻进厨房捞几个烤土豆拿手上啃，然后使眼色招呼我出门。

我娘不乐意，每次我做好准备去迈门槛时，她隔着厨房的窗户朝我喊："儿哎，不准去上村，寡妇门前你们瞎混啥劲？好好在家里待着！"

我和狗子他们去上村，都是在我娘下地时。黄昏时，她会扛着锄头，背一个竹篓，脖子上挂一条毛巾就下了地。我和狗子蹲在院墙根，身后的狗蜷缩着身子，从大门外的门槛缝里爬进去，它蹿几下，就顺利取了门闩，我和狗子探头进了院子。

西梅坐在院子里，手里拿着簸箕，穿红衣，坐在刚收的菜秆边，手里上下一摇，筛菜籽，那模样，倒像极了小媳妇。

狗子上前叫她："破鞋，你好哇。"

西梅继续坐着，没搭理我们。

我跟在狗子身后，狗子继续调侃她。狗子拿一根菜秆，蹲在离西梅一米处，拿菜秆戳西梅的身子。西梅转过头，用大眼珠子瞪狗子。说实话，这女人长得挺好看，至少和村里那些庸脂俗粉是有区别的，她的皮肤很白，嘴巴像是灌了蜜那般水润。狗子比我大三岁，他的荷尔蒙应该是最旺盛之际，而我的还是一棵嫩芽，我害怕与她进行眼神的碰撞。

狗子悄悄说："你怕什么？上去惹她，你要知道，骚货哪管你几岁，只要你壮实，今晚她就给你娇喘，这是我在书中学到的。”

我干咽一口唾沫，捏着拳头，站在狗子背后，望着面前盘腿而坐的女人：“喂，你……你把你男人弄死了，功夫一定很不错吧……破……鞋。”

她恶狠狠地瞪我。我躲在狗子身后。

人都有反噬心理，外来的敌意如果强大，最后剩下的一丝坚强也会随之破碎，站立不稳。

狗子说：“你睡过几个男人啊？胸一定很好看吧……”

狗子还未说完，西梅忽然站起来，来到狗子跟前，一把抓住狗子的胳膊，狗子浑身一哆嗦。她捏着狗子的手，蹭着自己的衣服，伸手放进胸前，狗子的肌肤碰触到乳房的瞬间，他双腿打战，一弯，跪在西梅面前，做出求饶的表情。

我也跟着蹲下。

半天，西梅说：“怎么样？软不软？大不大？小雏子，你有能耐，就再往我这裤子底下探，来啊。”

狗子一转身，撅起屁股爬起来，往后退几步，大叫：“疯子，疯子，你真疯了！”

然后顺着大门跑出去。

西梅扬起嘴角，暗自发笑，她又看我一眼说：“怎样，你也要来摸？没事啊，我们可以进去，那么大一张炕，由着你滚，虽然说这炕上死过男人，不过你们男人哪会计较这些啊！把下面那玩意伺候好就行了，对不？”

我连忙摇头，略带哭腔地跑出了院子。

那时我十六岁，性萌芽的初期，我的灵魂就像燃烧的木头一样炽热无比。

我只记得，那件红衣和她越发膨胀的乳房。肉颤颤，粉嫩嫩，水灵灵，夺男人之魂魄，发女子之骚情。

3

村子里关于西梅的流言，就好比妇女间的嚼舌根，没个休止。

我读高中那段时间，很少回老家，每逢回去，我娘就喊我坐在槐树底下的马扎上，大腿上绷着毛线，她在那头缠毛线，地板上到处是瓜子皮和塑料袋，风一吹，刮得人睁不开眼。抬头时，就看到西梅扛着锄头，背着竹篓下地往回走，她依旧穿一件红衣，上面绣着牡丹花。

我好像记起了多年前的某个黄昏，我抬头看她，她的眼神和我相撞不到三秒钟，火速收回，继续走路。

女人们开始舌战，有人问她："哎哟，西梅啊，活干得咋样啦？前几天不是有老黑帮你吗？"

"可不是，可不是，你们滚了几次呀？老黑这么乐意帮你？"

"姐们，你们不知道，何止是老黑啊，大壮还有咱村三队里刚高中毕业的二生，听说啊，他们几个人换着来咱们西梅家过夜哟。"

我的胃无休地翻滚，恶心得难受，我起身扔下毛线团，绕过我娘，进了院子。我娘悄悄地和女人们说："你们也不害臊，别说了，我家这孩子好不容易回来一次，别下作了。”

如果说，一个人糟践自己的手法是出卖自己，或者是肉体碰撞，那西梅在我眼中已成了贱妇，如果对她还保有一丝期待，大概就是很多年前王柱死时，我混在人堆里，看着坐在门槛上的这个女人，她面对一堆人的嘲笑，哆嗦着紧紧拉着自己的衣服。那是一个女人保护自己的肉体所做的挣扎。我曾悄悄拉过伸向她背后的黑手，那时我几岁，已记不清。

现在看来，也不过是愚蠢之举。

我娘说:“前不久，郝支书也是大半夜进了西梅家。”

第二天，我站在院墙根，徘徊半天，进了院子。院子里没人，我很小心地踩着这块地，上了台阶，在木门前转悠，里屋应该是有人，能听到走动声。我探着头，隔着玻璃向里屋看，只见那张炕上，郝支书赤身躺在中间，西梅裸体背对着我，她跨坐在郝支书两腿中间，低着头，去舔那玩物。我浑身肉麻感无休止地传来，踢到了门口的柱子，随即里屋传来一声:“谁？”

我赶紧下了台阶，出了院子，蹲在院墙根喘着粗气。没多久，就看见郝支书提着裤子火急火燎地出来，探下周围没什么情况，跟西梅说了什么，出了院子。

西梅站在院子里，穿着短袖，抬头望天。

我从院墙处站出来，望着她，无比恶心，就像许久未曾见过甘露那般，饥渴难耐的表情浮现在脸上。

她朝我走来。

我喝住她：“别过来！太脏了！”

“哦？太脏了？”

她好像对我这句话很感兴趣，继续上前，歪着脑袋问我：“太脏了？什么太脏了？你是觉得这地太脏了，怕脏了我的脚吗？”

“不，是你太脏了。”

“哈哈哈！”她突然大笑，指着自己的鼻尖，“我脏？小兄弟，我哪里脏了？这衣服是郝支书给我买的，鞋是二生买的，这院墙是郝支书把队里给低保的钱挪过来给我砌的，我哪里脏了？这么干净，这么新的地方，哪里脏了？”

我没说话，转身就走。

她在背后喊我站住，然后说：“明早你来，我在丁子沟附近发现了一个好地方，带你去啊。”

4

寡妇说的话，一般是不可信的。

这就像我们从子宫来，却总是唾弃女人的子宫，吃着奶长大，在某个年龄阶段，对女人的巨乳越发垂怜。那些淫秽和放荡都用来形容女人，乳房像双峰，有人爬上去瞻仰美景，有人坠崖而亡，事后还补上一句：“真是个贱女人。”

是啊，这种事，谁得了享受，谁耕了田，只有自己知道。男人这种生物，往往越下贱的越喜欢，不管事后忏悔也好，提起裤子立马走人也罢，都是事后做的事。

所以我如约而至。

你要问我为什么来，我也不知道。大概是因为男人心底的欲望，我想征服一切，包括女人。征服一个女人的第一步，就是征服她的子宫。

西梅坐在石头上，她的身后是旬子河，平日里娇羞的旬子河，此时好像变了性子，越发急躁起来。老远能看到的山峰处，有亮光，天还未全亮，有点冷。我抱着胳膊，站在西梅跟前，假装埋怨："这么冷，喊我来干吗？"

西梅抬头望着天，微闭着眼睛："冷？冷你也来了啊。我是你嘴里的破鞋，你眼中的荡妇，可为何荡妇一叫你，你就来了呢？你妈早上喊你下地，你也未必这般勤快吧。"

"无聊。"

我说不过她，假装往回走。她在身后喊："过来吧。"

我的脚底打了回旋，往她那边走，半米的距离，我在她跟前站住，低头看着她。她抬头看我，一笑，伸手拉住我的手，往她怀里塞，她开始解外衣上的第一颗扣子，我想撤回手，她越发拉得紧了。我的心此时快要炸了，越发急躁起来。我隔着内衣去摸乳房，一股电流传至心房，我大口地喘着粗气，索性坐在石头上，她伸手够到后背，解开内衣扣，我的双手得到释放，碰到乳房，那瞬间，我的心脏就像和火车发生了碰撞。

我捏着乳头，来回揉搓。

她喘着粗气，问我："大吗？软吗？"

我点头。

她站起来，脱掉外衣，里面是红吊带，她脱了吊带，上半身胴体钻进我的眼球，我的下体迅速膨胀，开始大口呼吸。我紧张到头皮发麻，问她：“你到底要干吗？”

“干吗？你说呢？”

她用唇盖上我的唇，将唾液传到我的嘴里，我抱着这洁白的胴体，火速膨胀。

然后，她推开我，穿上衣服，内衣提在手里，双眼无神地看我。

之后她说：“好了，你回家吧。”

“啊？”

“回家吧。”

她手里提着内衣，从我面前走过，脚踩在泥地里，太阳跳出她背后的山峰，有些许阳光透过树杈，均匀地落在她背后，像极了五线谱。

她的身影越发高大，在这干净的早晨里。

她说：“你回家吧，所有试图接触我的男人，都是有目的的，他们被欲望所驱使，他们有着野兽般的面孔，他们折磨肉体，以获得快乐。谁没有把柄，我只是微乎其微罢了，你是处子之身，我不想糟蹋你。”

她又回头看我一眼，说：“不过呢，这么多男人，也就你，是单纯地想和我做爱，单纯地想发泄欲望。”

我想说什么，却不知从何开口。这河坝上的风吹得人心坎里就像是被砍了一棵树，越发难受。西梅弱小的身子穿过芦苇叶，一步步朝着大路那边走去。

5

兽性是被压制的欲望。

人太过逆来顺受时，潜藏在心底的兽性会驱使心丧失理智，总爱在不公平中寻找一点奴性。它有长长的獠牙，发作时，那些弱小的奴性一点点萌芽，可以一口咬断一根碗口粗细的树木，对弱小群体“食肉寝皮”。

只是唯唯诺诺终不是常态。

多年后我多少懂得了一点西梅的处境，那时她被打工回来的郝支书老婆喜子发现，郝支书老婆把她吊在村口的槐树下，槐树底下拴着几只土狗，我刚从汽车上下来，就看见了西梅。她上半身裸体，下半身的红裙盖住了大腿，脚上绑着猪肉，其中一只土狗往上蹿几步前去咬悬挂在空中的猪肉，无奈扑了空，它扯着嗓子朝空中咬，露出獠牙。

槐树下围着男人、女人，有端着大盆面条蹲在地上吃饭的二生，有闷头抽着烟的郝支书。我拨开人群，站在中间，抬头看着西梅。

她的嘴角带血。她的发散在空中。

我的心就像被这发，扎得直流血。

有人指着她骂:“活该啊，这下被逮着了吧。”

有人嘲讽:“喜子妹妹走了这几年，还不知道你家男人的事吧？哎，也是苦了你了。”

喜子揪着郝支书的耳朵，开口骂:“你个老不死的，看上这娘们哪一点了，啊？还偷腥，我今天非把她折磨个半死，扔给警察，看他们管不管这档子事！”

喜子扯过西梅的裙子，抬着头朝她吼：“骚娘们，反省得如何了？要是再没个动静，我可就降低高度，这狗啊，老喜欢吃肉了。”

她见西梅没动静，开始降绳子。我从人堆里蹿出来，一把捏住绳子，说：“婶，你这么做是犯法的知道吗？”

这时候，西梅缓缓睁开眼睛，看着我。那是我第一次见到那般空洞无望的眼神。

喜子看我半天，说：“哟，七七回来啦！你娘前几天还念叨你咧，咋的，刚进村子，就打算和你婶作对啊？婶这是替村子里的妇女出口气啊。”

“婶，可你这么做是不对的，你先把人放下来，有事好好说。”

这时候二生端着大碗，和郝支书挨着坐一起，他瞅我半天说：“七七，你不会真和这寡妇有一腿吧？前年，就在甸子河坝上，你俩大清早的，摸来摸去的，这女人，玩玩得了，你可别上心啊。”

我面红耳赤，赶紧解释：“没有，哪有的事！”

喜子恍然大悟：“七七，哎，你说说你，好歹是城里的大学生，可莫胡来啊，婶今天好好教训你，你啊你，要自爱知道不？”

这时，西梅突然说：“放我下来，我说。”

喜子得意地一笑，喊人拉走了土狗。西梅胳膊瘀青，站在中间，她撩起发，用红绳子绑住，拉拉身上的裙子，抬头看周围的人群。她的目光冷峻，她的灵魂好似要穿透这一切生物，之后，她的目光落在我身上，她盯着我许久，嘴巴上扬，露出微笑，说了声：“谢谢。”

我想和她说话，还未张口时，她又说：“这吊起来真疼啊，二生也不管我，那几年我和你做爱的时候，你曾在我枕边说，要护我周全。老黑偷过自己老婆的内衣给我穿，你说，在我身上找到了你家婆娘年轻时的感觉。你们啊，没一个管我的，底下的那狗，像是疯了，我也害怕啊，我是一个女人啊，不是要护我周全吗？”

她突然眼神锋利，转向郝支书：“你！你拿王柱之死，要挟我陪你睡觉，陪你做爱，你曾经发誓，曾经对着老天爷说，只要和你睡，这辈子都不会告发王柱之死，我那时候多傻啊，这死本就和我没多大关系，我却被你揉捏多年。是啊，你是男人，我是女人，我逃不出的。”

郝支书一下子跳起来，摔了旱烟，大声骂：“你放屁！你这娘们，不知死活！我早就告诉你，没关系没关系，是你死缠烂打，说你寂寞了！”

西梅抬头长笑，摇着头：“众生之相罢了。”

说完，她以最快的速度撞向槐树，那瞬间，就像是滚石坠落，或是突然遇到雪崩，我看着她以最快的速度向前冲去，鱼死网破，头破血流，她顺着槐树躺下，双眼望着那树杈上射进来的光，半睁着眼，没有了呼吸。

我张着口，想喊她一声，却开不了口。

人群惊慌，四处逃窜，有的人跑，有的人喊。

在西梅眼中，都不曾来过。

疯娘秦楚

1

秦楚疯了。

我还在屋里吃着饺子，二哥就推开门进来，抓着我的胳膊就往外跑，一直跑到了麦场中间，他指着我面前披头散发的女人，说："你妈啊，疯了，都在这折腾半小时了，你不管管？"

我蹲在麦堆旁喘气，她站在距离我不远的地方，身后围着一群小孩，有的拿石头砸向她，她憨笑着躲在麦堆里，用头发遮住眼睛，以为别人找不到她。没多久的工夫，她被小孩拉起，上了土堆，兴奋地张口呼吸，却被小孩塞了一块土疙瘩在嘴里。

我看着眼前发生的事，掉头往回走。二哥跟在我屁股后面号叫："喂，你不管管吗？你妈疯了啊，今下午在麦场里转悠一下午了，你们就没个喘气的吗？"

"二哥，"我站住，看着二哥额头上的汗珠，又望望麦场上的女人，叹口气，"你知道她疯了，可你不知道的是，她从生我时，就是一个疯子。"

二哥的眼珠子放大，他扶着马路旁的树干蹲下，没再说话。

秦楚是我妈，她以前的事我不知，我只知道，她是个疯子。

我爸当初为掩人耳目，骗了这镇上的人，把秦楚装扮成一个哑巴。那时候村里还没分二三队，胡家和张家在一个大队里，胡、张两家住在石头院，院门口有个大磨石，冬日里，三两个老人聚在一块晒太阳，妇女织毛线。我爸和秦楚，据说当初就是在这大磨石上完婚的。

村里老人说，那是二十世纪八十年代末，彩电是稀有的，我爸往家里添置了一台彩电和一台骆驼牌风扇，第三天，就看见他领了一个姑娘，坐在他的自行车后座上进了村子，到了这大磨石上，他二话不说就拉姑娘上了磨石，我爸宣布，要娶她，她是个哑巴。我爷爷差点一口老血没咽下去当场气死。

我问老人："秦楚那时候美吗？"

"美啊，那小脸蛋，低着头，穿着红棉袄，就像是画里走出来的。"

2

秦楚的身份没人知道，别人能知晓的，大概就是她是哑巴。她走在村里也不说话，就低着头，那时她已经怀孕七个月，拖着笨拙的身子上甸子山，手里提着尼龙包，我爸在山上的胡木匠那学手艺，秦楚每天就翻过甸子山去给我爸送饭。

我爸会心疼地摸她的肚子，拉着脸斥责她："以后别来了，让我爹来送。"

秦楚憨笑，伸手拉我爸的衣领。你说她不知道什么吧，我爸笑时，她也笑，斥责她时，她也会低头闷脸。可你要说她知道什么吧，她从没听过我爸的话，怀孕九个月还来送饭，最后掉进了甸子山的刺戈花里，被人发现时，两腿流血，整个人已经昏厥了。

那晚我出生，接生的是邱大夫，就在自家的炕上，秦楚嘴里叼着毛巾，大汗淋漓，她听不懂产婆说的话，也不懂得配合，双腿直勾勾的，产婆命令我爸，一定要把腿打弯，这样才好用力。我爸没办法，从院子里找来两三个木棍压在秦楚的脚腕处，用膝盖撑住，秦楚感到一阵疼痛。我爸的耳膜在那个瞬间被震得粉碎，那或许是他一生都无法忘却的瞬间。

那瞬间，他听到我来到世间的第一声啼哭，伴随着哭声的还有秦楚震耳欲聋的那声“啊……”

这些是我爸同我讲的，他说也是那时候，他才知道秦楚不是哑巴。有时候我会问他：“既然知道是疯子，干吗还娶她？”

我爸从来没有正面回答过我这个问题。

我对秦楚的母亲记忆是封存的，很小的时候我就告诫自己，我或许是石头缝里蹦出来的，要么我的生母生下我就跑了，把我扔给这么一个继母。我待她不好，懂事以来，我偷偷给她喂过农药，偷偷给她吃坏掉的桃子和西瓜，垃圾堆里那些腐臭掉的烂苹果也给她吃过。每次我递给她时，她双眼放光，嘴里喊着“娃，娃”，伸手一把抢去放嘴里咀嚼，最后咽掉。

我这辈子，最讨厌的大概就是秦楚喊我“娃”的时候，她的温情让我如同全身爬满腐虫，人生来都是爱面子的，那些脏乱不堪的生灵，摸索几亿空间爬行，有的只是恶心。母亲这等伟大的词汇，是如同蜡烛那般照亮我人生路的存在，而不是面前这位疯子。

她百毒不侵，也或许是我的农药不够厉害，她喝过几次，只是口吐白沫，倒地睡一会儿，第二天依旧没事。

小学时的女孩，喜欢探究新事物，比如某个新发夹，或者是某个新游戏。我比较异类，学过男孩撒尿。我脱下裤子，站在茅坑旁，闭着双眼，学男孩站着撒尿，奈何尿了一腿。之后就看见秦楚在我身后，我像一个被捉奸在床的女人，羞愧难当，我转身警告她：“你要胡说，我就弄死你！”

她憨笑，然后四处蹦跶。

出了茅厕门，到了院子里，她左弯右拐地到了我爸跟前，手里捏着我爸的衣服来回跳动，然后我看见她的嘴巴一张一合：“娃，娃，娃，娃站着撒尿。”我爸扛起锄头就朝我飞奔而来，我一个箭步冲出院门跑了，听得我爸一声大喊：“你个孬货，再敢喂烂东西给你妈吃，我非弄死你！”

“她不是我妈！不是我妈！”

3

我读初中时，进了校舞蹈队，舞蹈老师把我叫到教室外面说：“齐欢，你进舞蹈队没错，但你那个妈……”

“老师，她不是我妈，我发誓，她真的不是我妈！”

那是二十世纪九十年代初，校舞蹈队基本都是分建的，学校没钱出资，也没有教室可供舞蹈队练舞。舞蹈队练舞的场所是镇子大红广场后面的榕树下，用彩条布搭的帐篷，一面墙上挂着大镜子，没有红地毯。

我们九班是晚上七点练习，我穿一双黑色舞蹈鞋站在最中间，老师在前面讲压腿的要领，她先是让我们弯身手扶地，腰抬起，之后她挨个坐在我们的屁股上，以此来试腰部的灵活度。

轮到我时，她“咣”一屁股坐下，我的腰部就像遇到火山爆发那般疼痛难忍，瞬间我就败下阵来，瘫在地上起不来。

“齐欢，你起来，再试一次。”

我眼角含着泪，再度坐起，突然秦楚从帐篷外跑进来，她一把推开老师，拉起我就往外跑。我用指甲去撬她的胳膊，她好像感受不到疼痛，她拉着我一直跑到甸子河的河坝上，站住，我转身就给她一巴掌，她还是老样子，憨笑。

“娃，娃，不疼了，不疼了。”

她的手发黑，脏臭无比。我蹲下捡了一块石头给她，她高兴得拿在手里，塞在嘴里，嘴巴鼓成一个包。

“你这疯子，老管我的闲事做什么？神经病！”那是我自尊心被无限践踏的时刻。我清楚地记得小学时，秦楚在我们周一的升旗仪式上，蹲在校门口脱了裤子就撒尿的场景，我被无数人嘲笑、讥讽，同学在我面前大笑时的模样，老师们的闲言碎语，以及秦楚永远都不会改的笑，还有她嘴里的“娃”，都让我无地自容。

我喊她过来，她站在我跟前，我看着这个女人，脸蛋白净，衣服也是新做的，这都是我爸的功劳。我爸总是把她收拾得整齐干净，只是那双手，一直都是黑的。她在我面前站着，然后伸手去够兜，没多久，右手掏出一个苹果和几颗葡萄，还有一个粉色的发夹，她捧在手心，递到我面前:“给，娃的，娃的。”

我一把甩开它们，它们掉落在河坝上。然后我做了什么?

我推了她。

水泥做的河坝，四周没有什么攀附的支撑物。底下是垃圾堆，旁边是用来点燃垃圾的干草。人下去后，不喊叫的话，基本无人发现。每晚九点多，胡伯会带着几个工地上的人来点燃这些垃圾。

她紧抓我的手，望着底下的垃圾堆，摇头。我用指甲掐她，拧她的胳膊。我面目狰狞，脸部发红，如果这事成了，我不会再被人嘲笑，我会直生活在阳光下，这多好。此时的秦楚在我眼里和那些恶臭的垃圾没什么两样，人分三六九等，戏子是下九流，而疯子，恐怕连下九流都算不上。

她们是这世间的恶臭，在世人眼中如垃圾一般。一旦这恶臭被有意之人挂上了亲人的词汇，这大概是一辈子都甩不掉的标签，恶心难闻，我唯一能做的，不是我消失，就是让垃圾消失。

我回去时，我爸问我秦楚呢，在屋里上堂，我说:“死了。”我爸艰难地迈着两条腿朝我走来，他很气愤地问我:“怎么了？”

“死了。”我抬起头和他对视，“在河坝上，她没踩稳，掉了下去。”

“你怎么知道的？说！”

“我在旁边看着！”

“你这个畜生啊！你在旁边看着你妈掉下去，你怎么好好地回来了，你妈……”

“我说过好几次了，她不是我妈！”

我爸一个耳光扇过来，我连滚带爬地蹲到桌子底下，他一把揪起我，抓着我的衣领，捏住我的下巴，然后推开："你这个小兔崽子，她是你妈，她生你时掉进了沟里，发现时双手死死抱着肚子不松手，就怕你残了或者瘸了。儿不嫌母丑，狗不嫌家贫，你咋这么狠心！"

"她掉沟里了？怎么不摔死，为什么要活着？爸爸，你为什么要娶一个疯子，害我被人嘲笑？我是不是有生母？我生母在哪？我不相信她是我妈，她是疯子，我怎么不疯？"

"你！……"我爸欲言又止，准备出门找秦楚，他走到院墙根时，秦楚浑身是泥地趴在院子里，手里抱着白日里她给我的苹果。她双眼空洞，破烂不堪，我爸上前把她抱在怀里，她抓着我爸的身体猛烈摇晃，我爸取下挂在她头发上的烂塑料袋，捧着她的脸，哭泣着说："回来就好，回来就好。"

我不知道她是如何爬出来的，从那恶臭的垃圾中，她是如何走出来的？她目光坚定地往上爬时，抱着怎样的一种信念？她不是疯子吗？疯子也有信念吗？

那之后，秦楚再没说过话。

4

九十年代末，我爸去青海学盆栽手艺。背着褥子和被子，走时他带着秦楚。我爸的青海，一去就是三年。那时候经济不景气，西北这地的日子也不好，粮食作物收成不好。我爷在我爸去青海的第三年冬天去世了，我三爷安排的后事，阴阳先生看的日子急，因为是腊月，害怕不利，只隔了一天就埋掉了。

我爸赶回来时，看到的只是我爷的坟头罢了。

他的身后跟着秦楚，圆鼓鼓的肚子，穿着黑色的长棉袄。她跟在我爸身后，看见我就笑，不说话，然后她蹲在我面前，伸手来摸我的脸，我下意识地推开她的手，转身坐在门槛上。

秦楚也跟着我坐在门槛上。

那时候她已经怀孕八个月。

她不再说话。

我爸说，自从前些年她从河坝上回来，就再没开口说过话，我突然鼻子一酸，但还是把眼泪憋回去了。

我爸回来后，搞起了盆栽，用皮糟做的倒模，倒各式花盆和小物件，然后拿到集市上去卖。可惜那时候哪有什么闲人去倒腾这些东西，人在肚子都填不饱时，精神食粮就成了空谈，与其买这些，不如花几块钱去买粮食来得实际。

我爸的盆栽手艺算是废了。

秦楚生二胎时是春天，生下的是个死婴，男娃。我记得那天下着大雨，村里的鸡发生了瘟疫，整个村子人心惶惶。我回家时，看见邱大夫拄着拐在大屋里。我进屋时，我爸正在难过地哭泣，他怀里的婴儿被一块青色的棉布包着，我凑上前，看看沉睡的秦楚，又看看露着双脚的婴儿，我伸手去摸，被我爸挡住。老半天，他和我说："你弟弟没了。"

邱大夫在下台阶时，拐杖没扶住，摔在我家的水泥地板上。最后邱大夫也死了，我们赔上了全部家产，包括我爸去青海学的盆栽手艺。

那是我家最潦倒的一年，那时候我十几岁，没有背负太多人情世故，从那时候开始，我和秦楚才算和平相处起来。我爸头发白了，秦楚还是老样子，不说话，以前爱笑，后来不笑了。她时常坐在窗户旁发呆，要么抬头看我，咧嘴示意一下，就再不看我。

秦楚已经从疯子变成平常人，我带她上街，她不吵不闹，很小心地拉着我的衣角，跟在我屁股后面。我让她提菜，她会乖乖地提菜，那时候我就想，她在想什么？她的世界是怎样的？人活着，总有内心和思维，那些远去的故事里，她是否憎恨过某个人，或者想念过某个人？比如说恨过我，再比如说，想念我死去的弟弟呢？

可悲的是，我看不透她。

秋季我们搬了家，去了别镇，我爸把这房子都赔给了邱大夫家，他在别镇弄了一套小房子，带一个小院子。甸子山到处都是红红的枫叶时，我们顺着甸子河的水，坐了车，去了别镇。

我爸在别镇安了家，我在别镇读高中，他摆起了地摊，卖一些生活用品。那段日子，是最难熬的。我爸初到生地，得建立关系，那几年他过得很隐忍，我都看在眼里。秦楚到了别镇算是好的，她不说话也不疯癫，没人知道她曾经是疯子。

去田间劳作的妇女也喜欢带着她，秦楚起初什么都不会，后来也慢慢学会了拿锄头、挖地、种地。妇女们都说，一看以前就是享福的。是啊，其实秦楚真算是享福的，她没有记忆，也没有忧愁，多好。

慢慢地我总是跟着她，她下地干活时，我跟在她身后。我读的高中是寄宿制学校，一星期回家一次，每个周五下午，我到院门口时，秦楚就从老远跑过来，围着我转悠，手指着天上飞的鸽子，乐呵呵的。进了院子，我看见满院子的花啊草啊，可厨房还是老样子，她还是不会做饭。我爸说，比起以前，现在已经很好了。

那也是这么多年，我爸第一次回答我很久以前问过的问题。

他说："你小时候老问我，干吗娶一个疯子。没别的，就是可怜她，我第一次见她时是在甸子河坝上，她冻得发抖，也没吃饭，她是一路跟着我从城里走过来的，我撵她，她不走，小娃们打她，她就抱着我不松手。"

我没说话。

我爸又说："就舍不得她嘛，虽然是疯子吧，但还是娶了她，也生了你。"

"嗯，挺好的。"我说。

"你真是长大了。"

5

二〇〇五年，农历闰六月初十。

我读大二的暑假，秦楚跟着我爸去电力所交电费，那天很热，伏天，汗流浃背。院子里的土狗叫唤了一下午，我估摸它是看上离它很近，却怎么也够不到的一块烂骨头了。下午三点多时，低气压云层盖住上空，一场雷雨过后，院子里到处是小水潭，我去关门，大门被我爸在门外一脚踢开，我看着他冲进来，怀里抱着秦楚，浑身是血，身后跟着几个男人，也一同进了屋。

我两腿发抖，站在门框处，没敢进去。我爸在屋内吼，然后大哭，秦楚安静地在床上躺着，后脑勺处的血已经凝固。半小时后，他们带她去了县医院，再过半小时，医生让准备后事，人已经死亡。

我瘫坐在医院门口，脑海里全部是秦楚，她的憨笑和脏手，她递给我的苹果，还有那甸子河坝上的她，像一个渺小又无畏的灵魂，无惧任何。

我爸坐在医院的走廊里，老泪纵横地说：“她看见你们高中门口张贴的你大学录取时的照片了，去年她就天天看，那天雨大，老师们啊，在换新考上大学的学生的照片，她疯了一般朝校门口跑去，对面过来一辆摩托……”

那是怎样一种爱？我望着这空荡荡的走廊，无声压盖住所有要回忆和忘却的，我曾恨过她，曾想让她死，那些碍于面子的求和与过往，都曾驱使我想让她死。我的恨曾把我的心头磨圆，面子驱使我这么做。然而当她真的躺在了无尽的黑暗里，我能做什么？我只能给自己无数耳光，扇到麻木为止。

这就是我的生母，她是疯子。

她的爱归于何方，思念归于何处，这世间，无人能懂得。

后来，我的父亲一直单身。几年后，我结了婚，生了孩子，做了母亲，我的父亲还是单身。他把一生所爱留给了一人，从未白头，却如此深情。也是做了母亲后，我才懂得母亲对我的爱，或许对于母亲来说，不伟大也不壮观，而是很普通的爱，哪怕是一丝一毫，只要孩子需要，母亲都愿拿一生做赌注。

我父亲是黄河捞尸人

1

我爷活着时，是木匠最风光的年代，他手头的徒弟一大堆，靠着木匠手艺，在镇子上风光无限。

逢年过节去镇子上的大户人家做家具，回来时总能带些新鲜的好玩意。我爷风光的年代是我父亲偶尔说起时随便带过的几句话茬。我爷的主业是木匠，副业是老阴阳，谁家死了人，我爷就拿着他的宝贝满山头转悠。陇南的秦巴山区是他靠着两只脚支撑，一步步走来的，他年轻时转秦岭，老了转镇子上的甸山，最后为自己谋了一个“山头广阔，山脚苍绿”的好地界。

我爷是一九九五年六月去世的，他去世时我才一岁多，我娘说我那时候胆子大，不害怕，翻了炕头的棉被找我爷，最后在中堂上方找到他，慢慢爬过去，挪动着小步子去摸他的脸，去抠他的脚。

我娘说，我爷去世时，他的木匠徒孙整整跪了四排，父亲拄着孝棒跪在最前头，时辰一到，他就砸了灰盆，众人抬起棺材往前走。现在有人忆起这个过程依旧感叹场面盛大。毕竟我爷靠着木匠和阴阳的手艺，造福过整个镇子。

我娘反感一切和死人打交道的职业，我爷以前做棺材时，我娘刚进门，只要听闻我爷要出远门去某个镇子做棺材，或者是听谁又死了喊我爷去测风水，我娘就紧张，她把自己的初中文化抛到脑后，竭力阻止，却无法阻止一个老者对生灵的向往之情。我爷死后，我娘的心算是放到肚皮里面，安稳如初了。

父亲生于一九六六年，蹚着中国旧社会的巨浪洪水走来，旧社会的疟根已成脾性，我父亲并未遗传到我爷什么好的基因，而是把封建迷信思想，全部继承了过来。

千禧年初，父亲和母亲在镇子上的酒厂上班，酒厂被评选为中华老字号后开始裁员，母亲是技术行业，还是干着本职工作。父亲是白酒线上的酒糟管理员，说白了就是出死力、扛着大铲的最底层员工，父亲无疑被列入第一批裁员名单。母亲是个暴脾气，一听要裁员就着急，拿了钱提了东西找领导，这些无疑都是微不足道的贿赂。

裁员通知下来的那天，我刚从学校回来，一进院子就感到了低气压云层袭来的不安，母亲坐在院子中间，父亲靠着葡萄树坐着，倚在树根旁抽烟。我走过去，从母亲大腿上拿起一份名单，那时候我读五年级，只认得右下角父亲的名字。

我家生活并不宽裕，父亲家本来就很穷，母亲当年嫁过来时，是自己骑着自行车，车座上载着被褥，靠双脚蹬着车，从娘家到了镇子上。我外公在母亲走时就说，一个娃一个命。

父亲失业，家里的生活开始拮据起来。我每天早晨去学校时，书包里都放着一个馍馍和一瓶水，校门口卖的火烧三毛钱一个，鸡汤米线七毛钱一碗。我从这些摊位边走过时，都是干咽唾沫，因为穷，清汤寡水成了我生活的唯一选择。母亲发工资时，会塞给我五块钱，我把这钱拿到商店换成一沓一毛钱，分次使用。这样，我有很长时间可以吃到校门口的火烧，我也留了吃鸡汤米线的钱，现在回想起来，那时候的鸡汤米线，煮沸的锅里放着一只老母鸡，新鲜的汤汁，至今难忘却。

2

母亲开始为父亲谋工作。

她多番打听，从别人口中问到司法考试的途径，父亲被母亲赶鸭子上架开始准备司法考试，父亲是高中文凭，首先得拿到自考文凭，那时候司法考试制度不像现在这般严厉，非法学专业的自考本科都可以报名，且没有年龄限制。

父亲第一次参加司法考试时，已经三十多岁，他连去市里参加考试的车费都没有，是母亲腼着老脸去娘家向外公要来二十块钱，父亲才有了车费。

我也在日渐成长中发现父亲的懦弱和愚昧，他一心研究阴阳八卦，那些被母亲藏起来的八卦书籍都被他翻到，他的司法考试书底下压着的就是八卦书和一些我也搞不懂的工具。父亲这一生就是这般，可能因为是我爷最小的儿子，他懒惰、愚昧、不上进，他在床上看书，看一会儿就呼噜声震天响，每次呼噜声不过三声，就能听到他被母亲一脚踢翻，“咣当”一声滚落在地板上。

我读初中时，父亲的司法考试已经失败多次了。他从旁人处得知，青海有个做花盆模型的，生意很不错，那年暑假他就带着我，背上打包一个棉被，我的脖子上挂着一个绿色水壶，我们上了从天水到青海的火车。母亲再三叮嘱我，开学了就赶紧回来，我点头答应。

天水火车站年久失修，加上经济不景气，很多检票口都关闭了，买票不用身份证，我跟着父亲混在人头密集的列队中，跟着大队人马冲上了绿皮火车。这是我第一次跟着父亲逃票，无丝毫准备和预料。

父亲把棉被捆好，放在靠窗位置。他把我按在棉被上，我把水壶抱在怀里。来来往往的人很多，有很多大爷的车座底下放着鸡鸭，因站票很多，不久后我的旁边已经站满了人，我伸腿下地时，发现竟没有一个小空能容下我的脚。

火车驶出了甘肃，隧道和黄土山慢慢没了踪影。检票员开始查票，父亲火速从我的对面大步挪到我的位置，低头和我身边约莫二十岁的大学生说着什么。不久后，父亲比了一个"ok"的手势，我亲眼看到大学生检票后，偷偷把火车票从背后递给父亲，父亲伸手够到，递给刚巧站在他身旁的检票员，他笑嘻嘻地说："嘿嘿，这娃是免票的。"

我们在青海火车站下车，我和父亲坐了汽车和拖拉机，再转三轮车，车顺着黄山前进，我们到了本康沟村的一间大型工厂——对没见过世面的我来讲，是大型的工厂。依旧是水泥墙和水泥院，大院门口拴着一只狼狗，它扯命嘶吼，扯断锁链朝我奔来，被门卫室的大爷一口喝住，这狼狗才慢慢挪着步伐，退到院墙背后。

我出来时母亲说，青海是市里，我跟着父亲玩一个暑假权当是旅游了。但谁想到是这般境地，住的是茅棚屋，夜里有风吹来，我哭着喊要回家。第二天父亲一整天没回来，晚上回来时，他脸颊泛青，身上带着的钱全部被盗走，父亲说，这是哄人的窝点，他逃不掉了。

我开始哭，他捂着我的嘴，把仅剩的干粮递给我，让我别犯傻。白日里我心惊胆战地躲在炕头，望着窗外，一直等着父亲回来。

待了一星期后，父亲在一天夜里收拾好我的衣裳，叮嘱我："你今晚去厨房，千万别出声，明早跟着做饭的胖婶婶，她让你干啥，就干啥。"

我从未见过他那般从容，我连忙点头让他放心。凌晨三点钟，我跟着他出了院子，顺着水泥墙往后院走去，旁边停着很多铲车，能看到不远处的屋子上挂着的大字"本康沟红土厂"。胖婶婶探出头，一把将我拉到里屋，我再回头看父亲时，只望见他的背影。第二日天擦亮，胖婶婶换了大红带花的衣裳，裹了头巾，迅速套好架子车，把我放在架子车上，我的四周堆了很多菜筐，菜筐里面装着烂菜叶子。

胖婶婶再三叮嘱我别出声，我很小心地缩在菜筐中间，我的四周已无任何空间。接着车子挪动，耳旁能听到胖婶婶和人打招呼，还能听到铁门发出的声音。

很久之后，胖婶婶把我提起来，放在人流密集的地方，这和本康沟村显然不同，能看到车和来往的路人。

胖婶婶指着十字路口嘱咐我："一直往前走，就是青海火车站，你的兜里有你爹给你的路费，赶紧回家去。"

"我爹呢？"我拉着她的衣角问她，说这句话的时候，几乎哭了。

胖婶婶没做任何回答，她套好架子车，把菜筐里的烂叶子扔到马路旁的天桥底下，摸摸我的头，嘱咐我路上小心，然后就穿过步行街，朝菜市场的路牌底下走去。

自那以后，父亲彻底失踪了。

我娘曾无数次问过我那地方在哪，怎么走，是不是人贩子组织或者是传销组织，我早已记不清，我连自己是怎样坐上火车到的天水车站都记不清。我一度反思过是我的问题，我应该拉着他一起逃走，奈何年少无知，哪懂得瞻前顾后。

我娘一直在找父亲，她去过青海好几次，也去过兰州，但没有任何关于父亲的消息。父亲就像砸在黄河里的石子，滚在黄河中，不知奔流到何方。

3

我考上一所二本院校，准备去兰州读大学。父亲已经失踪数年，我娘在白发增添十几根的冬天和邻居大阿叔搭伴一起过日子。大阿叔是电大毕业的，只因家里没钱，就没了职位，开了豆腐坊卖豆腐。大阿叔和妻子离婚三年了，我家的电线坏了，电视机坏了，都是他提着工具箱上门修。我有时候会反感，反感多了，就装作看不见。后来想通了，母亲需要有人陪她。

父亲于我，就像心底埋的一根线，一直无法忘却。

大二时，班里组织采风，主要以黄河为主。我背起画板，拿上相机，在中山桥和白塔山转悠，坐在白塔山顶画漂亮的黄河水。也是采风这年，我再次遇见父亲。

在汽车东站的栅栏外，我上了校车准备去景泰采风。那天很热，车子里很闷，我把东西放好，在车头放垃圾桶的地方喝着矿泉水。我在高我半截的垃圾桶后面，看到一个老人，弯着腰，手指缠着红布，戴着一顶草帽。他在我跟前站住，伸手示意我快喝完，他要收瓶子。

我无意间瞥一眼，看清了那草帽底下的脸，发黄泛黑，嘴唇干裂，他抬头看我一眼，伸出的手开始颤抖，他一把抓住我喝水的胳膊，仔细看我。

“爸？”

同学还以为我遇到了疯子，有几个下车准备解救我，听我喊了一声后，又都慢慢地上车了，隔着玻璃细声讨论起来。我顾不上和他叙旧，上了车拿起背包拉着他的衣角就往检票口走，他跟着我从候车室出来，我们站在“汽车东站”的牌子前，他从背后站到我面前，取下草帽，他头发微卷，被汗水黏在一起。那个画面我至今在脑海记得清清楚楚，他一言不发，蹲在我对面的树荫下开始抽烟。我的眼泪打圈，抬头努力控制情绪。

你会想我们应该拥抱，应该哭泣，应该说想你了，但这些都没有。我跟着他上了公交车，到了中山桥下车，我一直跟在他身后，他在一个长椅处停下，拍拍旁边的位置，示意我过来。我坐在他旁边，等待他的第一句话。

“你都长这么大咧，真好。”

父亲说完这句话，我开始哭，我用袖子挡住眼睛，把整个脸埋在袖口下：“你去哪了？为啥不回家？为啥？你知道我娘等你多久吗？你知道她现在……”

父亲没再说话，他让我跟着他走。我跟着父亲走过唐僧、孙悟空的雕像，走过母亲河雕像，走过黄河水车，我们走了好久。天已经黑了，我们走到黄河上游，马路变窄了，我跟着他坐上一辆汽车。我不知道要去哪。

半小时后下车，他打开手电筒，照着我，指着空无一人的黄河岸说：“我在捞尸。”

那时候我才得知，父亲成了黄河捞尸人，也就是“水鬼”。我的鸡皮疙瘩落一地，我跟着他到了一所水泥房，门口拴着一条健壮的黑色狼狗，朝我叫唤。院子中间立着一根竹竿，竹竿上绑着一块八角形镜子，这里看不到黄河水，能看到的只有一座仁寿山。屋子很黑，父亲开灯后，我才注意到他脸上的刀疤和烫伤的痕迹。他坐在床边开始给我讲述我走之后发生的事。

青海的经历被他忽略掉，他辗转到了兰州，刚巧碰见当时的“水鬼”组织，父亲跟着我爷学过木匠，也对阴阳八卦感兴趣，他说他怕了传销组织，他了解到“水鬼”不挣钱，但可以分得一个小屋，每个月可以得到几袋口粮。父亲想，也算是有了着落，但毕竟是和死人打交道，怎样也得留个心眼。他本来就迷信，对生死之事格外看得清。

“水鬼”是黄河上的捞尸人，和西藏的天葬师、湘西的背尸人差不多，是古老的职业。很多人以为这种职业会随着时代变迁而消失，但黄河之上，万滚流水，难免要有人和死人打交道。父亲就做了捞尸人，为自己搞了这个小屋子，和一根绑了红绳的竹竿，用来打捞尸体。他同我讲的时候，一直抽着烟，不紧不慢，好似一个资深老者。

父亲说他第一次下水捞尸，是老师傅带着他的，老师傅在岸边站着，他脱了鞋下水，多少有些紧张。下水之前老师傅交代，人体密度和水差不多，尸体沉入水底后，会渐渐腐败，多数都已面目全非。一开始，父亲是不相信黄河里有那么多死尸的，他想着总不会那么巧被他碰到。但真的碰到了，他感觉自己碰到了衣服角，就大喊，老师傅在岸上竖起手指让他闭嘴，他颤抖的手四下打探，摸到尸体，但再也没勇气下手，尖叫着爬上岸喘气。只见老师傅火速下水，手里拿着竹竿，不用几分钟，两具尸体被打捞到岸上。父亲说那是他第一次见到被水泡过的男女尸体，因男性与女性的盆骨不同，浮尸讲究"男浮女仰"。父亲说被水泡过的尸体面目狰狞，嘴唇外翻，多数是大头鬼。打捞上来的无名尸，多数用一根绳挂在黄河岸边，过了三日无人认领，政府就命捞尸人联系医院。一般情况下，医院是挑不上的，因为都是浮尸，没有医学价值，所以多数情况下，医院都会让捞尸人自行处理。

我曾想过，为何没人处理这些案件？父亲说："哪有那么多电影里演的情节？把尸体捞出，别污染到了城市流域，否则就严重了。"

父亲说，"水鬼"就是见不得光的职业。

父亲慢慢习惯了面对浮尸。死尸的模样千奇百怪，有的仰着，有的躺着，有的头都不知去向。无人认领的浮尸，父亲就和其他捞尸人把尸体攒到一起，埋在地下。"水鬼"也怕噩梦缠身。都说黄河上能看到行走的浮尸，父亲说他就亲眼见过。

4

父亲说那是三年前，兰州下了大暴雨，整个黄河拐弯处都是暴雨冲刷的痕迹。一下暴雨，捞尸人就开始行动，这样的天气最适合捞尸，河水可以把很多埋在淤泥底下的尸体冲上来。父亲跟着几个捞尸人上了船，扬着船帆在岸边摸索。

在倾盆的大雨里，伞被雨打得撑不起来，父亲索性扔了伞，四处打捞。就在这时，河面开始反光，在不远处，他亲眼看到一个在水面上行走的浮尸，头肿得很大，朝船快速走来。

父亲说他当时双手扶着船沿，吓得大气都不敢出。坐在父亲前方的年老“水鬼”，一眼就识破，他快速站起，用绑着红绳的竹竿使劲一打，这个行走的浮尸就倒在水面上。老者解释，人死了没灵气，因胀气和肿大，有时候上半身轻，下半身重，尸体就会直立起来。

父亲说，捞尸也是有规矩的，人活着遵阴阳，解八卦，他多少有些迷信。当年我爷看风水时就同他讲过，人死了，精气神还在，只要我们不伤了死者的精气神，他就会感激我们。

“水鬼”看到尸体才行动，无关尸体的，都不动。父亲讲，做一行有一行的规矩，他们只代人打捞。

父亲曾遇到过上门求打捞的。

对方是一个三十多岁的男人，只身前来找父亲，先在他面前磕了三个响头，父亲连连摆手说使不得使不得。那人说起话来一口地道的兰州方言。父亲了解到，男人的女友一星期前不知去向，他找了很长时间，最后一步是找捞尸人帮忙寻找。

父亲从不向任何上门要求打捞的人许诺，他知道这些人着急，但捞尸这种活，不许诺就是最好的许诺。父亲找了一个下午，就在沉积的泥垢中打捞上来一具女尸，看上去尸体泡在水中的时间不长，脖子上的勒痕还很清楚，一般这种尸体，有点线索的，捞尸人打捞上来之后，立刻就要报警，警方来调查案件。

父亲刚要报警就被这个男人拦住了，他试图用钱封父亲的嘴。这个举动惹恼了父亲，捞尸人从不收钱，这是替死人卖命，如果收了委托者的钱财，就成了拿人钱财替人消灾的勾当，父亲大怒，他深知那层关系，坚持报警。在警方的调查下，女尸的案子真相大白。女人是男人的小三，因男人被妻子发现出轨，女人又怀孕了，男人在万般无奈之下选择杀死女人。又因内心的恐惧作祟，在杀死后抛尸，连着做了三夜噩梦，恐慌的他这才找父亲帮忙打捞，打算毁尸灭迹。

案件破了后，潜藏多年的黄河捞尸人被甘肃知晓，上了甘肃很多报纸。我记得我曾在微博上亲眼看过那个关于黄河捞尸人的话题，当时只觉得毛骨悚然。现在回想起来，那个黄河水泛着日光的画面中，那个背对着镜头的人，正是我的父亲。父亲说，知道的人多了，他们也就没了安生的日子，时常可以看到各种报纸争相报道《黄河捞尸人阐述黄河千古真相》《黄河上游惊现捞尸人》《黄河上惊现漂浮女尸》等爆眼球的标题。

他说哪有什么千古悬案、千古真相，捞尸人能做的只是打捞尸体，悬案也好，真相也罢，都有人负责处理。

我曾问过父亲，为何要做这个活计？

他说是命运使然。我爷的木匠他爱，但他更爱阴阳八卦，所以他做了捞尸人。从起初的惶恐到如今的淡然，倒成了一种安逸。父亲说，现在的捞尸人已经不单单是捞尸了，社会发展好了，不像以前那样经常死人，现在他们几个人成了黄河上的环卫工。游客散去时，他们背起背篓，打捞漂浮在黄河上的塑料袋和水瓶。父亲也说，捞尸是小事，现如今白银景泰那一带的黄河流域早已垃圾堆满，银滩大桥的黄河流域，在黄河水进入汛期的六七月份，扔到河面上一个石子都不能沉下去。发臭的黄河水变黑，母亲河就这样成了万民投弃垃圾的弃坑。

5

父亲一直生活在兰州这座城市，我读大学的那四年，每到周末就骑着脚踏车穿过安宁区，一个小时后就到了父亲现在工作的黄河环卫附近。他穿着黄色环卫装，和一群老人蹲在岸边下棋。这或许是他追求的生活，他并没有带着我娘的期许去考司法考试，但他用自己的方式活着，守护着这条河。

这是我和父亲之间的秘密，我从未和母亲提起过我在兰州见过父亲。她现在生活得很好，从民办教师变成了正式职工，而大阿叔也是赶上二〇〇八年的好政策，考上了律师。我不知道母亲是不是早已忘了父亲的存在。这样也好，在同一个世界，过着不同的人生也挺好的。

我毕业时，找父亲叙旧，他得知我要离开兰州，老泪纵横。那也是我第一次见到父亲的脆弱，这些年独身一人的坚持，我成了他全部的依靠。回到陇南后，我遵循母亲的安排参加单位考试，两年后，进村进社政策取消，我背上行囊，去了兰州。

只因那里，有人站在黄河岸边，等我，望我。

我爱的姑娘苗风风

一九九三年。

捷克斯洛伐克正式分裂为捷克和斯洛伐克。

《中华人民共和国税收征收管理法》正式执行。

电影《霸王别姬》首映。

第一届东亚运动会在中国上海举行，共九个国家参赛。

二十世纪九十年代初，国家大事接连发生，改革的春风吹进大江南北，唯独吹不到这个尕小落魄的西北小镇。那个不动荡年代的小镇，日子总是紧巴。

我婆裹着大棉袄，戴着老花镜横跨在门槛上，左手拿线，右手穿针，摸索半天，在褐红色的如锦绣般富丽的布上绣鸳鸯。身旁是八角桌，放着一碗糊糊面、大红辣椒、窝窝头，还有很显眼的大烟卷，烟粒裸露在桌角，风一吹，散落在厚厚的雪里。这是那年的第三场大雪，天南地北，通透的白。

“婆”是西北人特有的叫法，就是“奶奶”的意思。自我有记忆以来，一直排斥这个字，觉得它不亲切。

我婆折腾半天，将那抹褐红色的布递给我，合上手，杵在两只袖口处。她一开口，就是满嘴热气，让人战栗又模糊。

“拿上它，去南坪村，这次我跟你说，好好和姑娘谈，争取给我谈个孙媳妇回来。”

“这真是二十世纪造的孽，拙戾，戾气漫天，资本主义留下的祸根，粗糙，恶心。”

我婆呆站在雪里，叹着气。她哪能听懂这些词，她简单朴实，从军阀混战的民国十八年（一九二九年）落地那天，动荡家国如同不安的陨石砸向大地，她跟着我爷一路走来，把一生系一人身，缺乏世故、硝烟四起的眼神。她不懂日本人来了就咋了，所以她不懂我的诗情，不懂那个年代的硝烟。就像她用她不识字的眼光瞅的孙媳妇般，让我受够了，让我想逃离。

苗凤凤，我一度认为那是上天派来克我的女人。

苗凤凤大我两岁，印象深刻的是第一次见她，这姑娘站在南坪山头，怀里抱着一娃，穿着厚厚的棉袄，拿着羊奶瓶给孩子喂奶。那时大西北农村人们食不果腹，她喂娃的动作已将这一现实暴露无遗。

我是师范院校毕业生，在校读书期间谈过一姑娘，耷拉着两条细长的小辫子，大红裙子，江南人，素气。爱穿浅绿色、绣小花的布鞋。喜欢张国荣，满屋子都是张国荣的碟。那是一九八九年的夏天，我们学校门口有卖张国荣的磁带的小摊，她拉着我去买，至今记得那清晰透明无杂味的香气味，诱人无比。这姑娘经常挂嘴边的话就是：“女人要有味，男人才不跑。”

而苗凤凤的味，不是如同江南般烟雨脱俗的味道，而是满尕子山浓浓的乡土味以及她怀里娃的味道。

一九九三年，我被我婆从南方某小城挥着马鞭赶回西北，那浓厚的南方的美，渐渐远离脑海。我婆用半年时间倒腾，让我跟着自小扎根东北的尕三爷学木工手艺。我婆说，大学读完就得回家，支援家乡建设。我一度表示很诡异，土了几十年的我婆，连日本人屠杀自己国人这档子事都不懂的世俗之人，居然能从嘴里蹦出“支援家乡建设”这种体面的话来。我跟着皮肤粗糙、满口东北腔的尕三爷学木工，也就是木匠，学了半年，徒弟收了四个，木匠手艺越发出挑，面临出师。尕三爷总是捋着他的胡子，说我还不知道规矩。

“出师有啥规矩？我给您叩头，作揖，再用一篮子大鸡蛋和白面伺候着您咯。”

尕三爷就说，我得有个媳妇，把我管着，就可以出师。

“为啥？为啥要有媳妇？”

“木匠这手艺，是老辈手里传下来的，不埋汰人，不挑事，可是木头也是有灵性的知道不？它害怕整事，我们木匠，伸展绳墨，用笔画线，刨子刨平，用量具测量，制作成各种各样的家具进万户，前提是，得成家。”

我婆听见，赶着热劲，拉着我站在南坪山头，指着大槐树底下，说：“你瞅你瞅，就那姑娘，可水灵了。”

苗凤凤就站在南坪山头，大红棉袄，怀里抱一娃，大脸盘子上面印着两片高原红，我婆说的水灵，在哪？在哪？我扭头就走，我婆在后面赶我。

“婆，人家都有娃了。”

“哎呀你这坏孙，我给你介绍有娃的干啥呢？那又不是她的娃，人家姑娘还是黄花大闺女，那娃是她大姐的，她大姐死了，娃就是她的了，她和你一成家，娃就由她猫山的大哥照看。”我婆在后面喘着粗气对我喊着。

苗凤凤正式成了我的徒弟，拜我婆所赐。

我对她敬而远之，苗凤凤来木匠队的第一个月，我和她从未碰头，只是听尕徒弟说，凤凤那姑娘攒劲，随身不离书本，却大字不识几个。干活麻利，木削长巧，木屑雕花四溅，每每飞舞一朵花影，真是美极了。我随即打了一个冷战，把形容江南温婉之女子的辞藻用于一个西北粗犷女子之身，真是不痛快，不痛快极了。后来半个月，尕三爷人手不够，把苗凤凤从木匠支队挪过来，我才正式接触她。尕兄弟们叫她“凤妹”，苗凤凤和东沟村的木匠队一起过来，东沟村那帮爷们大多认识她，她也和那帮爷们熟络，休息的时候就和那帮爷们混在一起。事实上，那帮爷们是想让苗凤凤帮着拉羊粪和饲料。苗凤凤身材娇小，每日早晨和傍晚，总是见她拉着粪车跨过一座座大山，身后是被落日逐渐拉长的影子，混沌着泥土消失不见。

她见我，就躲。

我婆死活不信，说让我主动点。主动个啥，老子高兴都来不及。苗凤凤躲我，在粗犷的大西北的土山上，苗凤凤挥着马鞭扫木屑、劈柴、剁木头，勾勒木边修饰的小花纹。这女人，力气大得让人看了直想笑。明眸似水、俏眉如柳之类的辞藻用在她身上简直就是驴唇不对马嘴。相反，她与大刀阔斧、孔武有力这样的辞藻倒是不谋而合。

我在离她几米远的地方，站在那里，撒尿。

苗凤凤见状，“哐当”扔下手里的工具，把头别过去，用通红的指头捂住眼睛。在老子面前装纯洁，虽说老子没正眼瞧过你，但是“纯洁”二字怎可配你？啊呸！

“什么意思？你捂脸是什么意思？”我问她，顺手拉起裤子，抖抖腿，眼前几米远的地方是一簇被尿液打湿的枯黄叶子，这容易让人产生错觉。

从男人的心理分析角度来看，有个反行为数据。大概可这么解释，关于机体的行为和对象发生时环境的观察报告。当研究者进行数据收集时，他们必须选择一个适宜的分析水平，若数据对象不理，就形成反心理。苗凤凤不理我，我就像那针尖尖上遗漏的风，一丝，一丝，往不知名的地方遗漏，浑身发痒，男人的好奇心和欲望，大概就是如此。

苗凤凤站着，不说话。

我在她身旁，弯着腰，看着这个站在黄土地上的女人：娇小身材，平胸，大红棉袄，黑色条纹棉裤，蚌壳棉鞋，裹得就像冬季我婆挂在窗户外面的腊肉。她那拘神遣将的力气从哪冒出来的，鬼知道。大概是手捂脸捂累了，苗凤凤缓缓放下手，睁开眼，抬头看我。那个瞬间，我的神经就像在西北的雪地里翻滚，伸手落空姿势般地滚落，那瞬间我发现我还是错了，大错特错。

谁说西北姑娘无韵？那红脸蛋，那一瞥一笑，足以摄魂。我第一次看清苗凤凤，手如霖带，肤如凝脂，领如蝤蛴，齿如瓠犀。螓首蛾眉，巧笑倩兮，美目盼兮，低头时的温柔，和我想象的粗犷驴唇不对马嘴。

我站在雪地里，直笑。

西北的风啊，真刺骨，真寒。

苗凤凤没喝过酒，不知那玩意的劲。

东沟的爷们喜欢围着苗凤凤听她讲她家老爷子“文革”那年的故事，苗凤凤手里拿着烤洋芋，坐在八角桌前，盘着腿，吧嗒着嘴，说给那帮爷们听，有时害羞地递给我一个洋芋，不说话。

苗凤凤讲了那么多，我就模糊记得批斗社会主义的帽子，西北军人的血性，谈到深处，就喝酒。那些爷们大口喝酒，啃洋芋。苗凤凤也拿来喝，九十年代的茅台，苗凤凤一把扯掉大红绳，一口下肚，人就软了，醉倒在八角桌上。我的乖乖，这女子，怎这般惊人。那是苗凤凤第一次喝酒，喝得眼神呆滞。东沟的爷们都走了，夜里十点，村头的狗直叫唤。而苗凤凤却小脸通红地在八角桌旁坐着，陪她的，没别人，只有我。苗凤凤一屁股坐起来，一头栽在桌面上，灰尘四飞。然后这姑娘，一把脱掉裤子蹲在地上撒尿。我就站在她面前，她居然尿了！

尿完，站起来提裤子，没劲。我半晌才反应过来，怯怯地拉起她的裤子，脸红心跳，稍不留神就碰到大腿。我的手碰到的是顺着大腿慢慢流下来的尿液，沾在手上，一股腥味，太难闻了。我抬头看她的瞬间，嘴碰到她的皮肤，虽被西北阵阵大风吹得干裂，却有种不一样的感觉，或许是故事，或许是我旺盛的男性荷尔蒙的味道。

那个时候我就知道，我和这姑娘，注定有段故事。

就像独坐幽山里，且为你一人。

一九九三年寒风刺骨的腊月，我偷了一个鸡蛋，塞进苗凤凤的窗户孔，憨笑着。苗凤凤红着脸蛋，跨着大步蹲在窗户旁，探着头傻笑："鸡蛋还热乎的，你也吃噻。"

苗凤凤已和我很熟络，但是，我一直隐藏着一个秘密——某个夜晚，看过她尿尿。我对着月亮发过毒誓，此事，谁人不能知，谁人不能晓，绝对做到。

苗凤凤喜欢跳舞，那个年代，黑白电视屈指可数，就像那只在过年才能吃到嘴的大肉般稀奇，让人好生期待。我家也是这般，我婆仅靠她拿手的纺线，一针一线，孜转不疲，夜以继日地卖力挣点微薄的钱。九十年代初期，中国城市的人均收入是四十块钱，可想而知，在西北这个食不果腹的农村，人均收入更少。整个中国都在卖力修复阶段之时，《霸王别姬》上映。虞姬美啊，张国荣的虞姬，定是美得不可方物，楚霸王霸气啊。我跟苗凤凤讲这些，她不懂，一个劲问是啥，是啥。我说是同性恋，她就问："同性恋是啥？"

"就是男娃爱男娃……不像咱俩，咱俩是男娃爱女娃。"我这么解释。

"冬子哥，你你你……你流氓！"苗凤凤羞红了脸，指着鼻子骂我。

那漫天飞舞的雪，不矫揉不造作，都落在西北的土地上，通天的白，通天的美，望着站在雪地里裹得像腊肉的苗凤凤，突然就庆幸我婆，挥着马鞭，赶我回西北的事。

《霸王别姬》上映那天，我偷了一辆自行车，载着苗凤凤，翻过三座大山，来到县城。

三毛七，一张电影票。

三毛七可以买十个笨鸡蛋，或七个白面馒头。

我载着第一次来县城的苗凤凤，她老是跳下车看洗脸盆，嘴里嘟囔着自个儿家的脸盆咋就没个花没个毛主席。我跟在她后面，偷偷买了一个塞在车座后面。

到电影院门口，苗凤凤转了五圈，最后还是决定不进去看，用她的话说，电影不正经，同性恋，不正经。

我和苗凤凤站在电影院后面，听着赵季平隐约的《断指》，京剧沧桑动感的戏子声。苗凤凤调皮地站在路灯下，左手一勾，手里捏着红手帕，柔指一点，燃了眉目似的转身，起步，再转身。穿着大红棉袄，缓缓跳起舞，嘴里哼着歌，就像那些年在电影院看到的章子怡。

“姑娘纳鞋底，呀，纳鞋底。”

“送给心爱的人儿，哎嗨！”

……

那一刻，我就想虞姬不是为爱赴死，她只是心已死，就是我们常说的“哀莫大于心死”吧。

拔出剑的那一刻，她应该希望那个征战七十多次、战无不胜的霸王能拦住她吧，打下她手中的剑，相拥而泣。只可惜，他没有，正如张国荣拔剑时来不及救他的霸王一样，他们都是对世界失望的人，但又不甘心，还留有一丝希望，于是只身赴险，终于没能回头。

夜晚我载苗凤凤回去，那个苗凤凤偷偷亲我额头的夜晚，我发誓，要娶她。

一发誓，就是一生。那般漫长，那般无奈的一生啊。

我半夜载着苗凤凤回家，翻着山路。脚刚踏进村，未闻见狗叫。一个大汉从茅厕附近蹿出来，一把抓住苗凤凤的辫子，张口就骂贱货、小婊子。我上前挥起拳头，被苗凤凤拉住，她说，是她爹。

我婆老泪纵横，伸手过来打我，终究没舍得，叹着气。

“老子不就偷辆自行车载着凤去了趟县城吗？至于骂自己亲闺女婊子吗？至于吗……”我还未说完，迎面就被苗凤凤的爹打了一拳，他青筋暴起，对我大吼：“你个小杂种，前几个月和我们凤在木匠队大晚上干啥呢？”苗爹啪啪打着自己的脸，“我还要个老脸呢，我都不好意思说，今晚又去县城，你个杂种。”苗爹一拳一拳地打在我身上，我的脑海中一遍遍回放着苗凤凤尿尿的场景。我头痛，剧烈头痛。

那晚是我最后一次见苗凤凤，她站在黑暗里，娇小的身体瑟瑟发抖。

我婆后来说，我毁了苗凤凤。

那发誓谁人不能知、谁人不能晓的秘密，变成了谁人都知、谁人都晓的事。

那么好的一个姑娘，活生生让我毁了。苗凤凤成了九十年代大家的笑柄，成了大西北农村老娘们谈笑风生的话题，成了婊子、荡妇。

那是那个年代里，荒唐的故事。我成了主人公，可笑至极的主人公。

我再没找到她，那个姑娘。

我婆说，我是败家子。

九十年代中期，迎来农村人进城打工的大潮流。那股潮流如西北的寒风吹进村里每个人骨子里，我告别我婆，一张车票，远离故土，去了北京。

找了五年的苗凤凤，她就如那断了墨头的笔尖，杳无音讯。

一九九四年十二月十四日，经过四十多年勘测、设计和研究论证，举世瞩目的三峡工程正式开工。我蹚着三峡的水，一走就是多年。

我反复试水，在北京初建一家装修公司。那时的北京还有围墙，有城门，有鸽子密集飞舞的胡同，有童谣。那段时间北京盛行“下馆子”“红嘴唇”，那是北京人对经济宽裕和化妆的理解。

我由一人扛着铁锹地工作到两人，三人，五人，直到一个团队。从北京五环将装修公司挪到三环，也就是现在的西城区，上空是飞来飞去的北京老鸽子。只是，想起西北，就莫名的痛，撕心裂肺的痛。

独自一人时，总会想起苗凤凤。回忆是害人的东西。每每循着潮流的轨迹去想那些事时，都不敢相信那是真的。

一九九七年，邓小平逝世，我一个汉子站在天安门下，望着满天的鸽子痛哭。

一九九七年七月，中国政府对香港恢复行使主权，香港回归祖国。

一九九八年七月至九月，中国长江及淮河发生大洪灾，造成四千一百五十人死亡，经济损失约二千五百五十一亿元人民币。

一九九九年十二月二十日，中国政府对澳门恢复行使主权，建立澳门特别行政区。

也是这年腊月，我婆去世了，享年八十五岁。

我开着北京吉普，回到大西北。

那个混合着想念和荒唐的地方，那个日夜思念一人的地方。

西北风俗，过世老人放置三天，男戴孝帽女披冠，孝棒长粗体孝心，酒满上，喇叭吹，没个三天三夜，不上堂。

孝子的哭喊声，感动老天爷。黄泉路上勿忘孟婆汤，来世再寻好人家。

折腾三天三夜，烧纸，发丧。我婆没享我的一天福，没沾着我的光看看天安门，看看毛主席。她生在军阀混战动荡不安的年代，只会写一个字——毛主席的姓。

我婆埋在东沟山底下，阴阳先生说位置好，旺三代。

临走的前一天，我提着香纸去寻我婆，在她坟头前，烧纸，摸摸刚种的树苗，等来年不知啥时候来时，它已然长大了吧。

跨步走的时候，在一堆杂草中间，模糊的视线，骨头碎裂的响声顷刻间荡然无存。

那也是坟头，好多年了吧。

有一堆草。

可笑的是，墓碑上写着：苗凤凤。

心口发疼，撕心裂肺的感觉袭来，我蹲下来。

没出息的泪水，滚落，滚落，滚落，混进土里。

苗凤凤，那个姑娘。

那个一九九三年我认识的姑娘，那个从一九九三年消失不见，我一直以为活着的姑娘，那个我一生想娶的姑娘，就躺在这里。

呵呵，八年。

八年的时光，我一直以为她活得很好，或者远嫁，生了娃，做了娘。

我不敢去摸那块墓碑，我怕玷污她。

假的，全是假的，假的，我疯狂地跑，跑……苗凤凤好像就在前方，不远的地方，穿着大红棉袄，咧着嘴笑。

帝王将相、才子佳人的故事，诸位听得不少。那些情情义义，恩恩爱爱，卿卿我我，都瑰丽莫名。根本不是人间颜色。人间，只是抹去了脂粉的脸。

醒来时，在省城医院。

大夫说，我顺着刺尖草的地方滑落山下，一条腿，残了。

哈哈，残得好。

旁边坐着堂叔，一大把胡子，说了一堆话。

别的不记得，只记住了一段话：

“凤啊，可怜的女娃，那事以后，远嫁给了后浪村的一个瘸子，瘸子对她不好，听了点流言蜚语就对她又打又骂，凤在生第一个娃的时候就难产死了，是个女娃，没人照顾，不到半年，也在雪地里冻死了……”

那话，那般刺骨。

就像程蝶衣对他师哥说的决绝话般刺骨：

“说的是一辈子！差一年、一个月、一天、一个时辰，都不算一辈子！”

那姑娘，我一生想娶。

西北的冬天啊，太冷了，刺骨的冷。

屠夫阿应

男人要靠女人滋润，可阿应只能远观女人，他想，这可能就是命吧。

1

一九九五年，西北的临洛镇。

猪和牛落于案板上，案板是用几年前阿应上山砍的青丝木做成的，一丝一鸣，雕有清晰的凤凰和鸣图案。

阿应穿一件黑绿格子相间的围衫，他在案板处转了七八个圈，那种波澜不惊不像是专业屠夫，反倒多了几分草莽气息。

腊月的屠宰场人杂事多，放眼望去到处都是宰杀牛羊血迹斑斑的黄土地，阿应的摊位旁是胖大妈，她蹲在地上割猪肠，身旁放着一个盆，里面盛着猪血和煮好的米肠，油渍四飘，热气腾飞。

阿应拿起挂在案板上的尼龙手巾，擦完手，左手拿起一把斧子，右手拿起一把牛角弯刀，只见此刀分外好看，青龙缠绕刀把，刀柄处挂一枚乾隆年间的铜钱，绑着红绳子。他干净利索，斧子剁在羊腿上，搁在案板上那只羊腿的骨头瞬间被劈成两半，他去掉刀柄，用锋利的刀尖一点点割着羊腿处的细肉，三五成团，都塞进塑料袋里。

西北屠夫杀羊前要漱口、换衣，说这是对牲口的尊敬，它们这辈子命不好，才落到刀下，若有来世，还望不计前嫌。

阿应想，人生于这世上，各有各的命，还望来世莫要怪罪的好。

黄昏时，阿应用厚塑料纸盖住案板，简单地收拾好摊位，他把未卖出的肉锁进小柜子里，柜门上贴着“福”字。手里捏着钥匙，和胖大妈打声招呼，斜着眼望去，胖大妈蹲在这黄土地上，大红色内裤边露在外面，裤子太紧，以至于内裤的影子若隐若现，将多余的肥肉都勒在外，像一尊肉厚结实的菩萨。

阿应赶紧收回余光，顺着玉米地往家走。

他不想被说没见过女人。

可是他真的没碰过女人。他今年三十五岁，镇子上的人叫他应老实。他娶过三个媳妇，都不告而别。

第一个叫彩霞，是邻镇的姑娘，比阿应小五岁，是胖大妈介绍的，见了几次，就娶进了门。洞房那晚，阿应用剪刀剪断屋里的红烛，小心翼翼地掀开面前的红盖头，他们对视很久，阿应下身就有了反应，他赶紧扯了裤带，脱得姑娘只剩一件红肚兜，翻身上马，准备提枪就干。姑娘却蜷缩在被窝里哭了。阿应立马𡲸了，委屈地说：“你是我媳妇，害怕啥？何况，我还啥都没干呢！”

“你想干啥？我想起你杀了那么多牲口就害怕。”

后来这事没成，姑娘过门一个月就跑了，彩礼也未退。

第二个媳妇叫青青，和第一个一样，过门一个月，阿应没碰过，也跑了。

第三个媳妇甚至没过门，掏了彩礼钱，远方的姑娘一听是屠夫，就火速退了这门亲。

阿应抽一口老烟，蹲在院子里，望着这偌大的院子，想起洞房时穿红肚兜的姑娘们，干咽唾沫。这也是没道理啊，老祖宗留的家传职业就是屠夫，虽说每日干的是屠宰生灵的事，可世间的行道都相生相克自有定数，怪不得他自己。他靠力气挣钱，没偷没抢，光明磊落。

阿应看夜，夜很净，他无奈地笑笑，进了屋。

2

都说屠夫沾了血气，惹了一身灵气，克妻克子。屠夫晦气这话，阿应向来是不信的。

第二年腊月，索二生撑着一把黑伞进了阿应屋，他火急火燎地拉过阿应：“应啊，哥去县城跑车给你相中了一个女人，离异，有个两岁的男娃，我觉得挺靠谱。”

阿应放下手里的猪肠子，擦掉油渍，给索二生倒了一杯新买的西湖龙井：“索二哥，你也知道我，娶了仨都跑了。”

索二生一口西湖龙井下肚，顿觉周身畅快不少，他拍拍阿应的肩：“这次不同，人家女方只想找个男人搭伴过日子，还有一个两岁的男娃，你看刚过门你就做了爹。”

“这……”阿应挠头，“哥哎，不瞒你说，我现在真是害怕见女人了，恐是得了病，提起结婚啊生娃啊啥的，就怕。”

“你怕啥，你一个血气方刚的男人，休得听那些妇人嚼舌根，我安排一下，你明儿就去见见。”

索二生撑起伞，嘴里埋怨着这雨咋越下越大了。他穿着墨绿色的水鞋和阿应打了招呼就往门外走，走到大门口，他又扯着嗓子朝屋里的阿应大喊：“应啊，明儿收拾利索点，给人留个好印象。”

阿应答了一声就进了屋，脸红脖子粗，脑子又拐到多年前的洞房之夜，坐在炕头，穿红肚兜的娇滴滴的女人，他欲血膨胀之际，好似被推下万丈深渊般难熬。他二话不说打开柜子，把压在衣服上的鸳鸯被褥取出放在炕边，将一身崭新的西服拿出，深灰色，西服底下藏着一双皮鞋，这是当年相亲时买的。阿应满意地点点头，换上，站在镜子前，思考半天，觉得不对，又赶忙脱掉。

第二日，天刚亮，阿应骑着摩托上了县城，进了一家裁缝店，临时买了一套还算合身的西服。到了和索二生约定的地点，他先点了一壶龙井，又预点了一份花生米和红烧猪肘子。

没多久，索二生进来，后面跟着一个穿灰色棉袄的女人，女人长发扎起，鬓前别一个红色发卡，身体微胖，穿一双红色棉布鞋，脸蛋通红，怀里抱着一个包，手腕上绑着一条蓝色细绳。

阿应站起来，显得有点尴尬，索二生见气氛不对，赶忙说：“来来，先坐下，外面太冷，吃点热乎的暖和暖和身子。”

阿应也招呼：“对，赶紧坐，我点了汤暖和身子。”

“好。”女人伸出双手，呼着热气，阿应不敢抬头看，低着头尴尬地擦着碗筷。

索二生开始拉线:“应，这是康水镇的苏小蝶，老家是关中一带的，据说是酿酒老行家的女儿。”

索二生又转向苏小蝶:“这是阿应，哦不不不，是蒋一应，我们叫顺口了，就喊他阿应。”索二生夹起一块猪肘子吞下肚:“反正大家都老大不小了，也没必要藏着掖着，有啥说啥，能成，就过，不能成，吃完饭就散伙。”

阿应还在想措辞，苏小蝶嘴巴一张一合，说:“能成!”

阿应有点蒙，抬头看苏小蝶，又看索二生。索二生也有点蒙，半天才反应过来:“啊哟，都说关中女人豪气，真是所言不假，应，你瞧瞧，人家出手多大方。”

阿应憋红了脸，大气不敢出:“我看也能成。”他瞅着苏小蝶温柔地笑，这下才看清了这女人，面容红润，嘴角挂痣，眉毛宽，睫毛长到卷起，仔细一闻，浑身散发一股奶香味，阿应差点陷进去。

吃完饭，索二生很知趣地骑着摩托先走了，苏小蝶跟在阿应后面去逛街，两人相比起来，苏小蝶倒是显得落落大方，问阿应喜欢吃啥，喝啥，问阿应有喜欢看的电影不，阿应显得很羞涩，一直在很努力地找话避免尴尬。

他想，这女人不愧是关中的，和之前遇到的女人一点也不同。苏小蝶问阿应:“杀猪有啥诀窍?”

阿应总算是可以长篇大论了，这问到他的长处了:“没啥诀窍，我们镇子上的其他屠夫杀猪老爱事先放药，然后再杀，这样是很轻松，但是肉质不好，猪血做的血馍馍就像块石头，难吃得很。我杀猪啥都不放，刚开始学时有些困难，现在很好杀，找到下刀点就行。”他又补充一句：“虽然我是屠夫，但是从不杀狗。”

“为啥？”苏小蝶问他。

“我的家就靠狗看门，我有时候去邻村杀猪，几夜不归，那么大院子全靠它了，舍不得杀死它的同类。”

“你人真好！”苏小蝶靠近阿应，看着他的眼睛说，“以后，我给你看门好吗？”

“好！”阿应突觉女人真好，一句话就能让他浑身酥麻，如同电击一般。

那几日，阿应就像打了鸡血那般早起，背着猪肉摆摊，老早收了摊，骑着摩托去县城接苏小蝶看电影、逛灯会。正月十五那晚，苏小蝶踮起脚尖偷亲他，他浑身如一团火球，在心里喊着：“真爽！”

那大概是阿应最揪心且火旺的一个晚上，他睡在火炕上，屁股烙得发红都不觉得疼，此时灯光暗淡，无风。他的心里想，若身边躺着苏小蝶，那天地都是温柔的。

3

入春。

绿意满堂，花飞入梦。

阿应娶了苏小蝶，在这阳春三月。索二生那日以媒人身份出席，穿一件灰色西装，胸前别着红绸布，这是西北特有的风俗，娶亲嫁女挂红绸，来年吃喝均不愁。

索二生跨过门槛，进了里屋，看见正在忙活的阿应，他面色红润，喜有新鲜事感。索二生问他：“应，你偷偷地说，你俩搞对象时，发生过关系没有？”

“没有啊。”

“啥？”索二生拉过阿应，悄悄地说，“那苏小蝶肚子里咋还有个娃？你不知道？”

“你咋知道的？”阿应倒是没多吃惊。

“苏小蝶同我讲的啊！说你抱她时轻点，最好别背。”

“索二哥，那是我的种，”阿应说，“那晚去她家，我喝醉了，就发生了这档子事，虽说是发生了关系，可我终究是迷迷糊糊的，也不算正经发生吧。”

索二生一脸无言以对的表情：“大哥，肚子都大了，你跟我说没发生？”

阿应想，那晚的醉酒让他忘事，恍惚间的刹那，他只记得苏小蝶柔软的身子和娇喘的呻吟声。她被压在身下，水蛇般的腰间挂着汗珠，他的五官接近麻痹，只有下身能动弹，那种钻入云霄的感觉，他看着索二生想，或许是面前这男子一生无法体会的欢乐。

床笫之欢，如鱼得水。男欢女爱，卿卿我我，老祖宗的话一点不假。只是细节，他记不清了。

苏小蝶过了门，勤勤恳恳，帮着阿应杀猪宰羊卖肉，修好了阿应几十年的烂摊子。阿应在心里默念，一个月过了，苏小蝶没跑，两个月过了，苏小蝶还没跑，他就信了。果然肚子里有种，就有了牵挂。

挨过阳春三月，到了酷暑之际，蝉鸣声盖住整个夏日，整个麦场上都是轱辘子碾麦、扬场的身影。阿应抱着麦秆子，屁股后面跟着蒋明，自打苏小蝶过了门，这娃就跟了蒋姓，也算是苏小蝶表了决心。

蒋明手里抱着一个玻璃瓶，里面是四只蝉，跳蹿到瓶口，被蒋明一指头又塞回瓶底，它们想发声，在这本属于它们的季节里。

蒋明叫阿应“叔”，他说：“叔，我要弹弓。”

“做，赶明儿叔给你做好。”

阿应抬头望天，已过七点，他换了身衣服，和麦场其他人打了招呼，把蒋明抱到摩托车前面，骑着它朝麦场小路飞驰而去。风灌进蒋明耳朵，他只觉浑身一股凉意，他喜欢坐阿应的摩托车，那种兜风的感觉，自在得很。

阿应先去了摊位，用厚塑料盖住早晨没卖出去的猪肉，盖之前挥起斧子砍下一只猪蹄和猪尾巴。猪蹄给苏小蝶炖，猪尾巴给蒋明，眼看苏小蝶已怀孕四个月，正需要这好东西来补身子。

阿应把猪尾巴包在袋子里，塞在蒋明怀里：“喏，这是你今晚的伙食，好生照看它。晚上你娘下班回来，叔负责给你们煮了。”

蒋明抱在怀里，一心研究蝉。阿应看到其中两只已死，他叹气：“哎，小崽子。”

阿应回来，炖好猪蹄，去了皮，放在锅里，倒入水热着。蒋明已在沙发上入睡，已是晚上十点半，暖意退去，有凉风吹来，阿应在院子转了几圈，还未见苏小蝶的影子。阿应想，她在镇子上一家皮鞋厂上班，起初他是不同意的，怀着孕，路又远，怕把身子耽搁了。

可苏小蝶说怀孕十月，总不能成蝼蚁，总要生活的。待到临盆前一个月，她就在家养身子。阿应想来也有道理，就随了她。皮鞋厂不加班，每日也是七八点就回，没啥大影响。

阿应进屋换了外套，拿了一个褐色毛毯，摩托车打油，朝着公路驶去。

那夜深邃。真是一个深不见底的夏日。

4

那摩托在他脚下像是加了猛料，飞快前行。阿应嘴里哼着歌，身后是被他远远甩开的麦地。此时的自己，真是像极了张国荣。

快进城时，摩托车跌进泥坑里。他被颠簸下车，嘴里当即一个“操”，他跳下来，点支烟，蹲在公路左侧。抽的烟是土烟，没牌子，是镇子上平叔自家种的烟卷的，抽起来带劲，没添加剂。

突然身后一阵怪风，吹得公路旁的麦秆上下浮动，他正准备想办法之际，只听得割一半的麦地里有人声，细细碎碎的，一定神就能听见。他起身，迈过沟渠，踩在麦茬地里，脚底带泥，蹿进麦地。是谁呢？这大晚上的，该不是遇到鬼了吧？到了地中间，他伸手摸到一件衣服，是尼龙外套，阿应忽觉不对，借着月光，伸手去摸索口袋。只摸到口袋里一个打火机、一张纸和一支水笔。阿应的背后发凉，他的手有些颤抖，一滴滴汗珠滚落在土里消失不见。

他继续上前，蹲在两个黑影身后，近两米处站定。

那是苏小蝶。

她穿着吊带，坐在麦地里，旁边一个男人，身体结实，他的手在苏小蝶胸前来回摸索。阿应咬着嘴唇，拳头捏紧，他想上前，可没出息的腿此时已动弹不得。

苏小蝶对那男人说："你出狱了就好，孩子也四个月了。"

"是啊，距离上次逃狱，也四个月了。没想到我们一次就成功了，只是委屈了你。"男人继续摸着她的胸。

"没啥委屈的，"苏小蝶叹气，"阿应这人挺好的，对我好，对明娃也好，只是这肚皮里的终究不是他的种，我挺愧疚。"

"咋了，你还爱上他了？你要知道，你这不过是权宜之计，我现在出来了，你大可跟他离婚，我带着你去北京，我们打工养娃啊。"男人的语气里多少有点不乐意。

"哪有那么容易？"苏小蝶拉过男人的手，坐直身子，"我现在为了和你见面，找借口来上班，为的是啥？还不是想你！可是阿应待明娃也好，我总不能就这么走了吧？"

"那你想干啥？还真让咱儿子出生后跟着他姓啊？"

苏小蝶想了想："也不是，好歹给我点时间，毕竟人家替你照顾了我很久。"

阿应的泪滚落。

他用衣角擦掉泪，从他们身后跳出，站在这个男人面前。他看清了他的模样，黄头发，白衬衫，胳膊上有文身，穿一双拖鞋。

苏小蝶“啊”的一声惨叫，她双目无神，盯着阿应。

“继续啊，狗男女！”阿应嗓子干枯，没了活力。

“阿阿阿应——你——我——”苏小蝶语无伦次，她无助地看着身旁的男人，此时这男人已知晓一切。

他很淡定地上前，站在阿应面前。他个头高大，将阿应肥胖低矮的身子罩在身下，他低头看阿应，看到了阿应额头上的汗珠以及浑身的发抖劲。

“你就是阿应？”

阿应没说话，继续看着苏小蝶。他没理这男人，而是用最大的力气推开这男人，他看着苏小蝶，问她：“你同我讲，这是咋回事？啊？你讲啊！”

“应，对不起，对不起，”苏小蝶吓得大哭，“我不是人！都不是你的，肚子里的不是你的，明不是你的，啥都不是你的，对不起！”

“那……那晚，是咋回事？”

“没啥咋回事咯！”男人开口说，“你喝醉了呗，所以你想到的或者看到的人，大概都是我了。”

阿应没站住，一屁股坐在土里，他想哭，但忍住了。

阿应伸手想去抓某物，刚好碰到麦地里的石头，他当即抓在手心，朝着苏小蝶砸去，那一瞬间，他手心发麻，男人用肚皮顶住了砸向苏小蝶的石头。男人用右手一把捏住石头，扔向远处。

阿应又抓起一块石头朝着男人额头砸去，此时的他早已失去理智。他就像挂在枝头，被人任意宰割那般难受。

男人蹲下，从脚腕处掏出一把匕首，慌乱之际，刺向阿应。他突然蒙了，血顺着一个方向流出，那些慌乱和背叛，都随着那血滴落，流向远方。

苏小蝶捂着嘴巴，早已没了声音。她看着阿应的身体倒下，她看着倒下瞬间激起的尘土四溢飞撒。

阿应半睁着眼，用最后一丝力气去拉苏小蝶的裤角。她欲蹲下听他最后的一句话，可终究阿应还是看着她挂着泪，一脸惊慌地跟着那个男人从麦地跑出，上了公路，骑着他的摩托朝县城驶去。

那一瞬间，阿应四肢麻痹。

他的灵魂没了方向。他的身体躺在地里，等着明日的任人宰割。

5

第二天，有人穿着白大褂蹲在案发现场检查尸体，他们翻过尸体，让它暴露在阳光下。四周是被警戒线封锁的麦地，警戒线外围着一群人，有看热闹的妇人；有种地路过不知原因，四处打探的人；有摇着蒲扇嚼舌根的妇人和踢着毽子的幼女。

这荒诞的故事，流传在西北这破落的小镇，没有神探和警察。派出所草草了事，定义为“他杀，正在追捕凶手”。

阿应埋在哪儿，无人知。

只是妇人茶余饭后，三三两两，坐在树荫下，开始阴森诡异，添油加醋。

有的说，阿应是被毒贩杀了。

有的说，是苏小蝶在外面有了男人。

有的说，苏小蝶逃亡忘记了大儿子。

蒋明怀里抱着玻璃瓶，靠着门槛坐下，蝉鸣声盖住了整个夏日，包括他瓶子里早已死亡的四只蝉。

他不知道，这个夏日有多热。

灵娃

1

灵娃姓啥，无人知。

灵娃是一乞丐，后背如山，每个冬季，前胸裹一厚袄，算是过了冬。逢年过节，无人记起。

无儿无女，了无牵挂。

灵娃住酒厂后门，后门那时还没扩建，有他一块栖身之地。

灵娃多大，也无人知。

自小到大，鲜有的记忆是，一撮花白胡须，破烂大衣，抵御风寒。破洞肥裤，长年累月，碎布条挂满身，一拐不离身。脸发黑，掉皮，不留神看不清眼睛。嘴巴裹在衣领下，衣领处，大概是几十年未见水发黑的脖根。

那算啥？算乞丐呗。

我三爷提起灵娃，总这般说，乞丐，就是一乞丐。

灵娃勤奋，能干。这事，镇子里的人都知道。逢个大夏，知了满空吼叫之时，灵娃就派上了用场。他那虱子满地爬的小地，被踏破无数次。

“都是来干吗的？”我问三爷。

“请这尊神的。”三爷答。

“啥神？”

“干活、收麦、打麦，当免费苦力神，反正灵娃，也不知钱，他傻，也不计较。”

夏季麦场，总见他。逢东边打，西边收，抱一麦秆，扛肩，跨大步，咧嘴憨笑。太阳高挂，人们三五围一群，蹲在麦场收麦，灵娃也混在其中。

妇女三三两两一堆，收着麦穗，夸着灵娃，如何能干，如何收麦，如何聪明。你就说灵娃吧，他傻，可逢着别人夸他，他就笑。一排黑牙，暴露在光下，透黑红肉，裸露无疑。

2

灵娃和胡家，还有点亲缘关系。

我三爷常这般讲。三爷脾气犟，像牛，逮着爱讲的，可讲一宿。不爱讲的，就卖关子。

我一岁时，我爷过世。孝子卧草堆，举孝棒。这些老故事，都是我三爷讲的。三爷说我小，不懂事，老围着炕转悠，翻褥子，翻墙背，找我爷。这时灵娃就来了，一把抱起我，放在上堂，掀了白布，让我摸我爷的衣角，说：“孩儿，爷在这，在这，好好摸。”

后来想想，这哥们胆真大啊。

三爷那晚喝了烧酒，头晕，扶着拐，坐在炕头，眯着眼睛，摇手，大喝：“我们胡家出来的弟兄们，胆都大！”

在三爷断断续续、满口酒味的话语中，我才得知灵娃的事。

他说，灵娃是他的堂兄。

人攒劲，个大，白净，算是胡家大院有点墨水的。二十有余时，灵娃娶了一房媳妇，上城人，眉目清秀，会绣得一手好鸳鸯。日子过得还不错，灵娃那时学了一门好手艺——宰羊。

东村头，每年腊月，肥羊像团雪，白花花卧在地面。只见灵娃穿了黑裹围，手戴塑料套，大刀阔斧，站在人堆前。

灵娃宰羊有三讲究，一是不见血，二是速度快，三是扒皮不用刀。要当街宰，羊毛要用雕有青丝的花桶盛，他拿了淡盐水洗刀尖，得七八次，门口那盆金钱树，拜这水所赐，长得越发出挑。把盆儿放案板下，用来盛血。

羊断气后，灵娃用刀先将四蹄、下巴颏、胸部三角区、羊尾处用刀分别挑开，然后先在腹部用左手抓住挑开处，再用右手握拳推剥。他的拳头好生厉害，一拳下去，只听“哗哗”十几声，半张羊皮便被剥下。只消三五分钟，一张羊皮不用刀便被轻易剥掉。

灵娃有手艺，这是生存本领，任谁都拿不走，日子过得还算红火。

三爷说：“可灵娃就爱瞎折腾，好好的日子不过，非得去折腾啥辣椒面，说可挣大钱。翻了几座山，进了城，买了辣椒面，来镇子卖。灵娃老实，听了谗言，说可发家致富，就用全部家当换了辣椒面。奈何辣椒面是孛子做的，全是假的。”

“灵娃傻了，疯了，成了穷光蛋，那个俊俏的媳妇，也跑了。日子一长，生一场病，也就成了乞丐。”我三爷的语气里，有埋怨，有无可奈何。

3

自打我有记忆来，就记得他。

不是他的人，而是他后背，那稳如大山，一布一梭，一苦一酸的家当。那可不是普通家当，是座山，走哪背哪的山，就像宫崎骏动漫《哈尔的移动城堡》里的城堡般，是他的全部。

小学六年级，流行扣小牌。牌上面有孙悟空、圣斗士、铁甲小宝，还有可砸墙的三角板。那时，男孩心中的英雄，不是孙悟空，也非圣斗士，而是三角板和小牌最多者。于是，寒冬腊月，巷口的台阶上，三五人一团，赢战利品，玩得兴起。

灵娃就在一旁看，他的家当靠在巷口处，站在我背后。

有人笑话，说:“你四爷。”

我要面子啊，我咋能有这样的四爷。我大爷掌管胡家族谱，二爷曾是抗日老红军，三爷七十，可都是从抗日走过来的老军人。而灵娃，咋可能？我轰他，他不走，他伸着手，想抱我。我喝他，不准动！他就站着，不动。

一会儿，他掏出一副小牌，捏在手心，捧在我眼前。

那居然是极其稀缺的圣斗士光环牌，上面还有五角星。灵娃蹲下来，将它给我，又掏出一个，放在台阶上。他搓搓手，用力一扣，一个小牌就被他赢走了。我们好奇，蹲在他身旁看，他的手发黑，有冻疮。他倒好，成了这一堆孩子心中的英雄，他们围着他，要他手里的小牌。灵娃起身，手举高，说："不给，不给，这是我给虎子的，是我们虎子的。"

听他喊我名，自尊心好像得到放大，无限放大，倍儿有面。

而他的手，泛黑的冻疮，好生疼。

后来，灵娃栖身的酒厂被评为中华老字号，酒厂改造，小门被拆，他彻底成了无家之人。三爷说，想收留回来，可是碍于门户面子，还是随了他去，有时接济一二，活着就好。

灵娃的窝被端，他就闹乡政府，无果，灵娃真正成了流浪人。

他的背，越发的弯，越发的沉。走路时，总会咳嗽两声，腰更弯了。

我娘说，终究再不联系，让我少沾惹。

4

我读初三那年，腊月三十，天寒地冻，电线杆都被风吹倒，整个村子过了一个没电的夜晚，也没得看春晚。

第二天，满镇子都是骂娘、骂祖宗、骂爹的。

春晚没看，有赵本山的春晚没看。

五叔进门，说："灵娃死了，在十字街那儿。"

我立马推开门，跑向十字街，人群被我拨开一条缝隙，我看见马路中间，灵娃躺在雪里，被雪埋着，冻死了。五叔哽咽着说："终究是胡家的人，却落得冻死的下场。”

我三爷听到消息，缠着的烟卷，抖落一地，接着他打了自己一耳光，那般清脆、爽快。

埋的时候，是大队几个伙计，还有我几个叔去的。

一副棺材，一叠黄纸，几盒香，埋于村头胡家地里，挨着我大爷的坟冢。

我三爷提了一壶酒，半晌，未说一字。

灵娃入了胡家族谱，我才得知，他叫胡君。

“君子坦荡荡”的“君”字。

来来去去：一草一木，皆是北方

西北人，来了走，走了来，他们追求爱情和亲情，殊不知自己只是这世间渺小的一粒尘埃，终躲不过来一回，又走一回的轮回。

我把北方念给你听

1

这么多年，我第一次从她嘴里听见“北方”这俩字。

就像这些年来第一次从她身上找到一点北方的影子，那般浓厚且强烈，就像站在甸子山上吹风，虽爽，可是冷。

我认识她十年了，不长，可是足以挖掘她的故事。我对她总是小心翼翼，我害怕去揭开那块伤疤，我知那里早已溃烂成泥。

可是今晚，她用吹风机吹着昨夜残留在体外的酒味，发梢未干，裹一条浴巾，挽成两疙瘩，垂下，开始喋喋不休。她嫌弃昨晚我未给她挡酒，烤肉也不够辣，她要特辣的那种，我点支烟靠在门口听她讲。她锁骨分明，有些许水珠挂在那里，她的头发像猫，懒散优美。然后我就看见她的嘴巴一张一合，我认得她说的那两个字：北方。

我小心翼翼地问她：“你今晚怎么了？”我害怕我的声线超过我预想的一丝丝，会让她不安。

她姓叶，叫慕青。她说这姓简单，旁人问她：“姑娘你姓啥？”她就扯着大嗓门喊：“口加十，特好记是吧？”

她像猫，总会像猫一样蜷缩成一团，别人进不来，她自个儿也走不出。只逢得别人问她姓，她才会微展身体，探出头来寒暄两句。

她爱她的姓氏，她总说，那是北方赐给她的。

慕青就像那千年前已有的甸子山，沉稳安静，不会呼啸也不懂世故，一草一木，都属于北方。

2

一九九九年，跨年之夜。

我决定在两千年到来之际干一票大事，刻不容缓的大事。槐西鱼塘是甸子山下一片富饶之地，这个鱼塘常年产大量冬鱼出售，生意红火，唯独除夕冷清，这就给了我下手的机会，为什么只许他们挣钱？这道理不通，哪怕我逮一桶冬鱼卖不出，好歹这年就可烤着鱼，就着蕨菜下肚，和我爹凑合过了。

然而此刻做其他事显然都是徒劳的，必须快刀斩乱麻，拿了粘网，再拿盆，好歹也得拿一把耙，方便打捞。夜色黑，鱼塘四周皆是爆竹味，刺鼻难闻。我脱了棉鞋，真冷，脚趾如棉花遇水般蜷缩在一起，我伸着脚尖碰了一下水面，如丝般的电雷就传到我的脑电波，不行，太冷！得至少拿个什么包裹一下方可行啊。

可有些事就是不顺心。我还在思考边缘，瞬间背后猛一受力，我就“咣当”下了水，顷刻间，我的暖意荡然无存。

一个女的，站在我背后，穿着长款白棉袄，披发，怀里抱一暖宝宝，活像鬼。

她一出现我就知，我这一身凉意都是拜她所赐，我刚开口准备骂，她却先朝我喊："你个窝囊棒子哟，偷个鱼都整得磨磨唧唧的，我实在看不下去了。"

她居然骂我，凭什么？就凭她是女的？我认得她，慕青，旬子山下小霸女，只读了初中，有人生却没人养。当然，她还有一个名号——我指腹为婚的媳妇。这是我爹同我讲的，她总爱坐二流子他们的自行车在村头乱窜，每逢撞见，我爹就指着她蓬乱的麻花辫骄傲地说："唠，那就是我未来的儿媳，虽然野点，但是以后你一调教，准是个顾家的好媳妇。"顾家？我丝毫没看出来。

她和我平辈，同年龄，凭什么骂我？哪怕是个女的，这事也不能就此算了，哪怕以后被人说我欺负女人，这仗也干定了。我还在想开场白，她便又开口说："赶紧捞，左边，左边鱼多，都是肥的，捞上岸我们三七分。"

"凭啥？"我想了很久的开场白终究被这俩字代替。

她向前几步，近一米处蹲下，低头就能看清鱼塘里的水。她望着我，那眼神无丝毫暖意，她眼睛发红，眼角发紫，可眼睛很大，像是要罩住她能看清的一切。半天，她说："你偷鱼意志不坚定，我推你下水是帮你。你下了水，就是偷鱼行为的发生，你这是预谋犯罪，我是目击证人，你不听我的，我就去告发你。"她指着粘网，又指向我："你，快点行动，小心本小姐待会儿反悔，你一条鱼都休想拿走！"

一九九九年末，我在鱼塘中捞着鱼，两手满是冰块。

零点钟声敲响那刻，她在鱼塘边原地转圈，从后背掏出一把不烫手的小烟花，靠在胸前，从裤兜掏出打火机，点上，然后“咯咯咯”地发出细微的笑声，之后她半蹲身子，向前倾，对着我笑：“喂，偷鱼的，新年快乐，发发发，哈哈哈！”

二〇〇〇年，零点，那是我走过十八个年头的第一个世纪年，也是第一次知道“荷尔蒙”是什么。

3

她近来学会了用探探，这是她第一次喜欢一款社交软件，她不用微信，不发朋友圈。前些天北京大雨不断，西城口那边有大量积水，难行难回。她几天未出门，我也几天未回。一天下午，我拿了一个智能手机回来，扔给她。她在电脑前码字，戴着眼镜，扎着马尾，哪怕坐在电脑前，都像只猫，懒韵十足。

下午六点，正是阳光霸占沙发的时候，她喜欢把沙发放在能晒到阳光的位置，她常说，沙发上的花也是花，不晒晒就会枯萎。

她拿着新手机，躺在沙发上朝我挤眉弄眼，然后开始把玩手机。她的作息时间不规律，她在一家网站写连载小说，偶尔有公众号找她约稿，她的笔名叫阿猫姑娘，她写了稿子也不去翻看阅读量，用她的话说，钱挣到手就行。

她躺在沙发上，斜靠着沙发背，手旁是暖瓶，她胃不好，暖瓶不离身。之后就是手指触碰屏幕发出的声音，不太大，像五彩球滚落地板那样轻，我放下杯子，蹲在她旁边，看她。她随手拿一本书，调皮地挡住我的视线：“你想干吗？满脸色相，哼哼！”

“不干吗啊。”

“哦，对对对，你等着。”她向来都这样大惊小怪，每隔几秒脑袋瓜就会有稀奇古怪的想法冒出来，以至于这六十平方米的小屋到处都展现着她的奇思妙想，有成品，有半成品，就像哈尔的移动城堡。八竿子打不着的物体在她手中，就像是有前世记忆般串在一起，不失美观，不失分寸，用她的手法组合在一起，刚刚合适。

她拿了凳子，踩上去，打算去够冰箱上面的东西，我把她抱回沙发，她的身体顷刻间陷在沙发里。我拿了东西放在她怀里说：“家里有男人，要我是干什么的？”

她咯咯地笑，把怀里东西摊开给我看，一脸惊奇：“你知道吗？我们以前真是作孽，扔了那么多酸奶瓶，你看，这些都可以二次利用。”

她把酸奶瓶改成小花盆，每个上面都绑了彩带。

你瞧，她就是这样一个女人，活在自己的奇思妙想里。她的奇思妙想就像她冬日里穿的大衣，厚实且御寒，暖意只在她身，寒意休想袭来。她有自己独有的看法，休得别人说三道四。前不久她的连载在网络上被众人拿来开撕，那满屏的火药味看得我都牙痒痒，我劝她要不弃文算了，可她才不管那些，流言利剑近不了她身。这样也好，落个清净。

她有独特的见解是好事，可我总会惊慌，我怕某天睁眼，她再也不见。

4

二〇〇三年冬，冻坏生灵的夜晚。

她这样跟我讲："我要逃，结婚的时候。"

我说："好啊，我帮你，你的计划是什么呢？说来听听。"

"我要逃婚，新娘是我，新郎是你。"这话是结婚前一晚她跟我说的，也不算说，她的语气很明显，她是在通知我，而不是和我商量，而且，她已经为她的逃婚计划做了充足的准备，而我，只能遵从她的命令配合她。

她是这样和我说的，言语间多少有些歉意："我跟你讲，我对你也不是不爱，是爱，但是，哎呀不知咋说，反正事态紧急，我必须逃了，我不能带着附加的肉体和你过日子，我怕这附加的肉体某天害了你。"

她说的我没懂，但我按照她说的做了。

我连夜给她买了去贵州的火车票，找来了旧皮箱，装了她的衣物，也装了她那颗蠢蠢欲动的心。凌晨时我瞒着我爹出了门，去了二里火车站，她裹得像个大粽子，头发绾起，素颜，怀里抱着暖宝宝，手腕上绑着我给她的平安绳。

"我走啦。"她吸了一鼻子冷空气，鼻尖冻得通红。

"嗯。"我答她。

她的眼睛那般美，天哪，想想以后再也见不到，还是感觉心里空空的。

她说想去贵州，山大，她就喜欢山大的地方，我说挺好的，就去贵州。她上了开往贵州的火车，硬座，从北到南二十六个小时可到。我本不打算买硬座票，可是我所有的钱加起来只够买硬座票，还余两块钱。这事很打脸，对我而言是这样的。

我目送她上车，她的眼神告诉我她有话想和我讲，但最后她只说了句：“我撤了，下次面谈！”

火车顺着铁轨消失不见，我杵在那，脑海里只有俩字：慕青。

子夜过后的几个小时，旬子河边就炸了锅，像蜂巢。

我成功扮演了在外有女人，不愿将就娶了慕青的渣男，毕竟演技在那里。

我给我爹讲我大学时如何花天酒地，如何惹女上身，如何骗了慕青，慕青知情后如何离开的戏码，换来的是我爹的一巴掌，还有他叹息间的一句话：“那姑娘，最后还是回了贵州。”

我成了旬子河边的一个笑柄，成了妇人争相怒骂的渣男，这样也好，省了以后的相亲，女子那般现实，谁又愿嫁我这渣男。

我和她联系的唯一方式是短信。

她不会用智能手机，视频开不了，语音发不了，因处在山区，只得短信联系。她就像那远走的青鸟徘徊在天空里，成了我唯一的牵挂。

发短信有时也成了我们的一大难题。

她信号不好时发来的短信总是隔几小时我才收到，我回她时，她已睡。但断断续续地拼凑在一起，总算得知她一点消息，她说她在贵州毕节的一所小学，她现在是老师。

嗯，她在支教。

二〇〇四年，过完年的第一个星期，我收到她的短信：

“我在毕节，你要不要来？”

“来！”我回她。

“你要不要来？”这句话我反复读了无数遍，在火车上读，在心里读，我觉得我快要炸了，如果八角楼能够撞到二里火车站，那在我心里不知已炸毁过多少万次了，这是我当前最需要解决的问题，我要见她，立刻！那短信就像一把导火索，点了火，传在我身，于是，她说什么都成真的了。

她说到了贵州直接坐卧铺来毕节，便宜。

我照做。

她说从公路下来，靠右手满是油菜花不通车的路便是，直走。

我照做。

她说有铁索桥，小心过。

她说贵州山大，但是很美。

嗯，是真的美。

5

年尾，我问她回不回北方，她说不回去了。

她说：“我们去北京好吗？”

“好极了。”

那是在贵州支教一年中最忙碌的一晚，我们临时决定去北京，这就忙坏了手机，抢票近四小时，总算抢到两张票。还是硬座。

也是那晚，她跟我讲了当年逃婚的原因。

“我生在北方，我娘是贵州人，她随了我阿婆性子，路子野。当年跟了去贵州贩毒的我爹，就嫁到了北方。我爹贩毒被抓进了局子，被我爹坑的那帮毒贩逃了几人，曾放话等我爹出来要剁人。哎，其实也不是我爹带着警察抓他们的呀。我娘跟了别人。我北方的奶奶看着我长大，我十几岁时她就去世了。”

她说她一来没上过大学，二来她心里有怨气恐难消，她怕上辈子的祸根带给她。

“你想，我和你结婚，我爹的事再牵扯到你，我难护你周全。”

“我是孑然一身，不欠你，不欠众人，活得自在潇洒。”

我看她，挂着两行眼泪。

每个人都有伤心处，这大概是她的吧。

“兄弟我也孑然一身，请问姑娘愿同我结伴，去往北京吗？”

她抬头看着我，傻笑。

6

这大概就是慕青吧，我总算认清了所有。

在不温不火的时间里，所有生物都在不断爬行，有的混进浑浊不见，有的落在土里消失了，但凡有一点能被抓住的，都得保持最好的姿态，不然消失后混进泥土，总是没了意思。

她的心有怨，难消。

她不爱喝酒也不吃肉，对她来说那些东西都是过眼看看，可昨晚她的吃相惊呆众人，满口大肉，露着嘴唇吹啤酒，抱着麦克风大声唱歌。回来就像猫那般嘀咕肉不好吃，酒不好喝，说她想回北方，我一定神，看她。

“你确定？”

“确定，我们回去吧。”

我带慕青回了北方，结了婚。我的大脑一直在转个不停，我搂着她的肩想，这下好了，总算真正是我的了。

那时，她怀孕三个月。

以前她害怕生孩子，现在越来越期待。

我问她：“后悔吗？”

“后悔啥？本小姐生了她，她可是管我叫老娘的！”

一孕傻三年这话在她身上体现出来，我们结婚时她就记不住我家那些亲戚，路上碰见她总是：“嗨，你去转啦！”“喂，你是那个谁？”“哦哦，你是那个谁来着？”她不怕得罪人，也不懂得人情世故。

八个月时，她孕期反应明显，晚上总是睡不好，有时吃不下饭，总是坐在窗附近看着外面，然后摸着鼓起的肚子傻笑。

她生的那天是阴天，比预产期晚了一星期。

她心脏不好，特意选了加护病房，她被推进去的时候，我拉着她，让她别害怕。

“如果被问到保大保小，一定记得，保孩子。”

这是她抓着我的手特意叮嘱的事。

那是我有记忆以来最清晰透明的一天，十七个小时，甸子山旁的水啊，波涛汹涌，没个安静，外面好似变天，越发昏暗。而慕青，进了手术室，再没走出来。

“生下一女，可您的妻子因胎位不正加上宫缩乏力引起的产后出血已经去……”

护士还未说完，就已红了眼。

我多想用尽所有恶语来呵斥我的懦弱，可是，于事无补。

她的生命如同波澜不惊又猛地张开翅膀想要飞的甸子山那般稳。

我仿佛见到她像一朵埋进泥土的蔷薇花，她最恨不干净，她不善交往，她不喜社交软件。我的肚子就像长了恶瘤，我用力捶打。

我脑子像蜂巢涌动，只有一个念头，我要见她！

我发狂似的躲开护士，一头撞了进去，几乎是踉跄着爬到她面前。

她被一块白布盖着。

恨意将我的骨头磨尖，没了方向。此时除了无能、无力，我还能做什么？

慕青，慕青。

怨是一个害人的幌子，害人不浅。

若可以，我愿那时的你一直在北方，你的一草一木，皆是北方。

卑微地爱过一个姑娘

1

同学聚会。

结束时，大山喝醉了。他抢过麦克风，点了一首低苦艾乐队的《兰州，兰州》。

再不见俯仰的少年格子衬衫一角扬起，
从此寂寞的白塔后山今夜悄悄落雨。
为东去的黄河水打上了刹那的涟漪，
千里之外的高楼上你彻夜未眠。

唱得巨难听。

中途，他俯身大吐，然后号啕大哭。

有人说，男儿有泪不轻弹。

有人说，大老爷们，没什么过不去的坎。

大山擦着泪，举起啤酒猛灌，他说，事不关己高高挂起。

我们这群狗友互看几秒，只能感叹世事，相互摇头叹气。

大山点的这首歌，大家都心知肚明。这家伙还真是情种，这么多年过去了，还是没忘记茂清水。

2

大山原本不叫大山，他叫陈沧海。

就因为长得像山里娃，个小，皮肤就像是在非洲暴晒过的那样，还很胖，大胖脸把眼睛都遮得瞧不见。

我们宿舍免费赠送他一个外号：大山。

他倒也乐意，家在陕西，每次来兰州，都会带老家特产，什么凉拌米皮、肉夹馍酱啊这些。

大山不喜欢兰州。

用他的话讲，整天都在吸毒，活在剧毒的笼罩之下，要不是志愿调剂，他才不来这鬼地方。

后来，他爱上了兰州，原因是他爱上了兰州姑娘，茂清水。

茂清水是我们的学姐，读大二，音乐学院的女生。我们是理科学院，两个学院中间隔一条河，被一座木桥牵着两头。

我们不敢去想音乐学院的姑娘，她们长得好看，说话好听，动不动唱小曲，穿衣时尚，总觉得跟我们这些粗汉子不搭。

可谁曾想，大山会冷不丁地冒出一句："我想追音乐学院的学姐，她唱歌真好听。"

我们挥手打哈，把他这话当笑梗了。

刚巧赶上情人节，那晚我们在楼下，看到河对面用点燃的蜡烛摆成的心形，里边用玫瑰组了一个“爱”的形状。

情人节虐狗，这是大学常有的事。

我们下楼一看，男主角居然是大山。

我问他：“你这是干啥呢？”

“表白。”

他倒说得很憨厚。

我们赶紧拉他走：“算了算了，别丢人了，人家姑娘下来得多尴尬啊。”

“我不走，我还得唱那首《兰州，兰州》呢。”

谁知这货说唱就唱，唱得却不好听，就像几只苍蝇在你耳边乱蹿，分分钟想掐死的节奏。

四周来了煽风点火的，挥着手喊：“大山帅哥，再来一个。”人群壮大，唏嘘声一片。

我真不知道这哥们哪来的勇气站在那，他做了一个单膝下跪的动作，手拿一朵玫瑰，对着女生宿舍楼，深情地喊：“茂清水，我喜欢你，我喜欢你，我喜欢你，我喜欢……”

还没说完，我就看到三楼泼下来一盆冷水，不偏不倚，落在大山身上，那花，也不知被浇到哪里去了。

这场闹剧就此结束。

大山在我们学院出了名，贴吧和微博上都能翻到小视频，标题都是什么丑男被女神用一盆冷水拒绝之类的云云。

我问大山："你喜欢她什么啊？长得好看？"

"嗯嗯。"他还是很憨厚地回答。

"外貌协会的啊。"

"也不是啊，"他说，"反正就是喜欢吧。"

那之后，我也见过几次茂清水，长得确实好看，浓眉大眼，嘴里时常哼着曲子。

每次见她，她都背着一把吉他。

大山并没因那盆冷水就放弃，要我说，这哥们真的是英勇得不行，他可以下课在教室门口堵，被人冷嘲热讽也不害臊。

茂清水从来不理他，用她的话说，理他，伤了本小姐的嘴巴。

大山情商也高，圣诞节花巨资请茂清水宿舍的姐妹们，海吃海喝，算是套出一点关于茂清水的故事。

他说，她是兰州西固人，祖祖辈辈都靠着这条黄河养育。

"她喜欢低苦艾乐队，凭着一首《兰州，兰州》拿过很多大奖，追求者很多，因为上段恋情刚刚结束，还没走出来，没关系，我可以等的。"

我只能摇头叹气，不知这姑娘给这位憨厚老实的男人下了什么迷魂药。

3

茂清水和大山第一次真正意义上说话，是三个月后。

木桥的柳树旁。

茂清水抱着书，用糖果般的声音说：“我跟你讲，你别再跟着我了，我不会喜欢你的，更不可能成为你的女朋友。”

“那你，为什么今天特意约我呢？”

“因为你影响到我的生活了啊。时间久了我也会被人嘲笑，你不要再堵我了。”

那次以后，大山还真就不去了，只是每天过得失魂落魄的。

我问他：“想通了？”

他摇摇头说：“没有，可能是需要时间吧，也或许，我的外表确实不出众。”

大山办了一张健身卡，年费两千，是骗家里说学校组织上驾校才得来的。他下课就去，两个月，从未断过。

后来他瘦了，人也精神了。脸瘦了后，我才发现，原来他还真的是双眼皮。

大山发誓，坚持三个月就去找茂清水。

那天下课，有个姑娘冲过来，拉住大山急迫地说：“清水，清水宿舍发生了火灾，人还不知道……”

大山立刻就跑，书一把摔在墙上，不顾宿管阻拦，冲上了女生宿舍楼，里面的门反锁着，他推不开，汗如雨下，急得直跺脚，嘴里骂着脏话。

他踩着墙，用力一冲，大脚一踩，没动静。

他就徒手砸锁，捏紧拳头，朝着锁奋力一砸，锁开了，手心的血瞬间冒出。

他哪里顾得上这些。

在一片黑烟中他找到昏迷的茂清水，抱着她出了宿舍，也进去顺带把其他几个女生一起拉了出来。

他被呛得咳嗽，抱着茂清水往医务室冲，边跑边说："没事了没事了，安全了安全了。"

事后，茂清水也就以两个字"谢谢"，算是解决了。

又过了几天，可能她也觉得过意不去，请了我们宿舍的人去川菜馆聚餐。

饭桌上，她举起酒杯，很公关地说："谢谢大山同学的救命之恩。"

大山急了，要站起来解释，被我一把按在凳子上。

我说："茂清水，你这是鸿门宴啊，你知道大山心里想的啥，你别一副高高在上的姿势，搞得自己有多清高一样。"

大山赶紧捂我的嘴，呵斥我："狗子，你干吗呢？不准这么说，大家都是同学，这是应该的。"

我这暴脾气啊。

我旁边的海子也坐不住了，拉起大山的手，一把拍在茂清水面前，指着这包扎的手，吼着："这都破了相了，你还一副高高在上的模样，搞得谁欠你似的，我们大山，可不欠你。"

茂清水清清嗓子："那么，我应该怎么做呢？首先，我没要求他救我；其次，我当时昏迷了，什么都不知道；再者，你们是什么意思呢？我需要今晚就以身相许，报答救命之恩吗？"

她又说："如果是，那我们今晚就去开房啊。"

"够了！都别说了，吃饭吧。"

我看到大山憋红的脸和他攥紧的拳头。

这尴尬的饭局，半小时后结束，茂清水付了账走人，大山想上前说几句话，被我拉住。

"哥们，有点骨气。"

大山冷笑："在她面前，不想要什么骨气和尊严。狗子，爱情是要面子的时候吗？"

"可你这是单相思啊。"

"什么都得努力啊，不努力，什么都没有。"

4

大二下学期，大山在学校附近开了一个啤酒摊，摊位是租的。

那时候，学校附近还没有这么多烧烤摊。

生意好做，大山相比我们，也算是赚了点钱，小资什么的，都能应付。

好友偶尔的相聚，开怀畅饮。

大山还是一直没有忘记茂清水，嘴里哼着她爱的那首歌，偶尔豪气地请她宿舍的姑娘们喝酒、撸串。

姑娘们喝多了，就撸起袖子，张着大口撸串，这不，也有说漏嘴的时候。

有人告诉大山，茂清水最近谈了一个男朋友，可这渣男劈腿艺术学院的另一个女生，脚踩两只船。

大山从椅子上跳起来，挽起袖子，径直就往学校小树林走去。那是我们学校扬名海外的情侣圣地。大山找到靠在渣男怀里的茂清水，一把拽过来，茂清水开口就骂他神经病。

大山上前踹了渣男一脚，下一秒钟就是打，打得渣男鼻青脸肿，跪地求饶。

他把手机甩给已经蒙了的茂清水，里面是她的舍友偷拍的证据，只是碍于茂清水正处于热恋，没人敢去捅破这层窗户纸。

大山像个英雄，甩着他的寸头出了小树林。

那以后的一星期，很多时候都能看到茂清水坐在啤酒摊上，要么点盘瓜子，要么点盘牛肉小炒，也不说话，插着耳机，很有节奏地跷着腿摆动。

大山疑惑地说："狗子，你说，她现在对我是什么态度呢？被我感动了，还是怎么了？"

我说："大山，她是情场高手，这招叫欲擒故纵。你得有点骨气，敌不动，你也不动。"

然后大山就不动了，他总算是拿出了一点骨气。

一星期后，啤酒摊发生骚动。

渣男伙同社会上的小流氓，掀了桌，砸了酒瓶，一片狼藉。

那晚我们刚下晚课，站在马路对面就觉得不对劲。然后大伙一声骂娘，甩了背包，翻过栅栏，就上去干。

大山个子小，不留神，就被渣男捏住了手腕，他发出一声惨叫，就倒在地上。

渣男面目狰狞，朝大山吼：“你算哪根葱，什么闲事都管？”

其他几个小混混问渣男：“哥，砸不砸？”

“砸！”

摊位被砸，啤酒被倒得满地都是，我们也浑身是伤，就在城管到来的千钧一发之际，大山抱住渣男的腿，本以为渣男可以被撂倒，可谁曾想，不偏不倚，大山被渣男拿着的一个啤酒瓶身，扎在了大腿根处。

大山发出一声惨叫。

大山的左腿算是在这五个月内废掉了，酒瓶碎片伤到骨头，开了口子，才取出大碎片，小的还卡在骨头缝里。

茂清水穿着花裙子，站在病房里。

老半天，她开口说了一句话：“大山，我跟你好吧。”

真是感激涕零，我们都以为大山会从床上跳起来，瞬间生龙活虎。

结果这货一本正经地说：“不不不，这是我的事，跟你没有任何关系。”

这话真是让人如鲠在喉，真想上去甩他一个大嘴巴子。

茂清水没理，她端了盆子蹲在地上洗大山的衣服，大山脸颊发红，因为前一秒钟，茂清水翻到裤子底下压着的花内裤了。

茂清水愣了几秒，倒了洗衣液，放在手里搓。

大山朝我们摆出一个“ok”的手势。

这事，就算是成了啊。

大山成了学院里所有男生的偶像，很多人都纷纷上演这种爱情的戏码，学习大山的死缠烂打和深情款款。

我们也会感叹，到底是坚持住了，不容易啊。

然而不是谁都是大山，也不是每个姑娘都是茂清水，别人的爱情故事，在你身上，真适应不来。

5

大山和茂清水好上了。

他的腿好了以后，大山就整日跟着茂清水上下课，嘴里喊着“媳妇”。

这姑娘也爱笑了，有时候下了晚课就到啤酒摊帮忙，收拾桌椅，擦擦啤酒瓶。

大山哪舍得让她做这些，每次都赶紧跑上前，拉过她的手放自己兜里：“我来我来，你一个姑娘家家的，哪能做这些脏活呢？”

茂清水就笑，两只眼睛眯起来，很好看。

她带着大山去听低苦艾乐队的演唱会，带着大山去武汉听五月天的演唱会，他拉着她的手，穿过人群，站在灯光最耀眼的地方。

大山抱着她，他爱她爱得像宠物。

当然，我们也不可避免地吃了大山很多狗粮。

茂清水说：“大山，你喜欢哪个乐队呢？”

“我们清水喜欢哪个？”

“我喜欢低苦艾！那首《兰州，兰州》真的巨好听，不过呢，我也喜欢五月天，哎呀，两个都喜欢吧。”

“哈哈，那我也两个都喜欢。”

他们俩的爱情在我们的见证下开花结果，毫无疑问，那次武汉之行，顺利发生了关系。

事后大山悄悄地说：“其实那晚是茂清水主动的，我都紧张得快炸了，是茂清水坐在我身上自己动的。”

“看来是行家啊。”

大山这人其实挺自卑的。

从入学那天，他就小心谨慎，有时候不怎么抬头看人，只低头走路。

所以当时他那么厚脸皮去追茂清水，我们差点惊掉下巴。

他平时活得很小心，不敢得罪人，可为何遇到爱情，能越挫越勇呢？

大山抽支烟说：“这就是爱情的力量。”

这个力量，估计在大山追茂清水的过程中，就悉数用尽了吧。

他和茂清水，两个人时，小打小闹，没什么毛病。

有一次茂清水约了几个高中同学，组织了一次聚会，大山穿戴整齐，去了约定地点。

刚进门，就一片唏嘘声。

有人问茂清水：“这你男人？”

茂清水说：“嗯。”

“哇，长得真帅！真精致！浓缩的都是精华，哈哈！”

大山说他当时恨不得找个地缝钻进去，他满脸通红，坐在茂清水身边。他不敢抬头，也不敢拿着麦克风去唱茂清水喜欢的歌，他当时觉得自己真是丢脸。

大山从那天开始，越来越自卑。

每次茂清水带他去人多的地方，他都找理由拒绝。后来，茂清水索性也不叫他了。

大山苦恼地说："我想去整容。"

我们劝他："其实你长得真不难看，就是个子小，但是人家清水姑娘又不嫌弃你，是你自己往死了作啊。"

"当初追人家时，你越挫越勇，现在咋就没了这精神呢？"

大山又说："当时是被爱情冲昏了头脑，丝毫没记起，我配不上她。"

6

果然，大山把茂清水给作没了。

有天晚上，他翻茂清水的手机玩，就看到微信上有个男人，发来的"宝贝"。

茂清水也喊他"宝贝"。

大山问他："这谁啊？"

茂清水夺过手机，忽略掉大山的问题，嚷着大山不信任她，查她隐私，人家淘宝客服都"亲，亲"地叫着，那些人都和她有一腿吗？

大山意识到自己踩到雷区了，赶紧道歉，哄着这位小祖宗。

后来大山还是发现他和茂清水的关系淡了很多。

她不再像以前那样下了晚课就去啤酒摊，有时候会以排练为借口，或者以复习为由，一个星期都不去啤酒摊。

大山是男人，也怀疑过。

第二天早上带着疑惑去问茂清水时，见到她，所有的话又都咽回去了。

旁观者清。

其实我们早就看出，茂清水后来只是为了钱才和大山在一起的。

大山的自卑让茂清水无可奈何，她想和他好下去，可大山太自卑，哪都不去，就想两个人在一起。

茂清水是学音乐的，肯定希望广交朋友。

我猜测她可能是累了吧，在这场爱情里，一味地去顺应一个人的思想，自己就会垮掉的。

后来的茂清水变本加厉。

大山能给她的，大概也就是钱了。玩音乐就是玩钱，她组建乐队需要钱，大山慷慨地投资，买乐器需要钱，大山也投资。

大山买上好的化妆品和包包给茂清水，说："宝贝媳妇，这都是给你买的。"

而大山呢，没钱的时候可以啃一个月的馒头，本来人就黑，这么一来，就更黑了。

茂清水抱着他的脖子直叫"老公"。

或许在大山眼里，茂清水是爱他的。

可我们看来，他们的关系大概已经到了“你给我花了钱，我晚上来陪你睡觉”这种地步。

茂清水很稳妥，也没什么不对的苗头，用大山的话说，大四了嘛，大家都忙，哪有整天腻在一起的道理。

论文答辩那几天，茂清水主动承认了自己的劈腿。

在学校的地下咖啡店里。

茂清水清清嗓子说：“大山，我们分手吧。”

大山愣住了，他的笑容僵在空气里。

茂清水又说：“其实，是我对不起你。上次你在微信里发现的那个叫我宝贝的男人，就是他了。”

大山捏着拳头，青筋暴起，他想了很久的开场白，最后都变成三个字“为什么”。

茂清水说：“我们不合适，难道你没发现吗？是，当初是我真心喜欢你，但现在想想，大概是被你感动了，可感动不是爱情啊。”

真的，如果当时我在，我上去就抽她一个大嘴巴子，床也上了，钱也花了，现在跑过来说什么感动不是爱情，早干吗去了？

大山眼角泛红，他想说什么，又不知道从哪说起。

茂清水又说：“这些年花了你很多钱，如果你要，我毕业了还你。”

“不必了。”大山说，“你过得好就行。”

“那好吧。”

鬼才相信她会还钱的话，但是大山信了，他看着茂清水付了账，没有一丝犹豫地走开。

他的世界，在那一刻坍塌了。

大山从那开始一蹶不振，没有参加期末考试，全部挂科，每天窝在宿舍里对酒当歌，一天能抽两包“红塔山”。

他成了同学们的笑柄。

我找过几次茂清水，她都不见我。

那时候她在学校的乐队演出，每天都很忙，我蹲在乐队门口等她出来，她老远看见我在，就从后门走了。

后来她也毕业了，听说离开了兰州，去了青海。

大山也算是毁在茂清水手里了。

那一年，他越发自卑，很少上课，啤酒摊也没继续经营。

有时候我都怀疑他得了抑郁症。

后来，他论文答辩没参加，毕业设计没搞。

毕业答辩的那几天，他就走了。

7

毕业很多年，才算联系上他来参加同学聚会。

他说，他后来去了襄阳，过得还行，在一家厂里混，没几年就混成了车间班长。

这时候有人突然提起了茂清水。

真是哪壶不开提哪壶。

大山倒很坦然地笑笑，没了大学时期要死要活的稚嫩感。

“她啊，过得也很好啊。有一次她主动联系我，说缺钱，我就问她要多少，她说五万。”

“然后呢？”我问他。

“你猜呢，狗子？”

“那你肯定全额付清啊。”

“哈哈，对啊，五万全额付清，我的老本。”

这时有人想说话，张嘴时，又咽回去，只能干坐着叹气。

“她要五万块钱干吗呢？”

“哦，”大山说，“她在电话里说，要去打胎呢。”

这时候有人就打抱不平了：“她怀的是哪吒吗？这明显就是骗……”

这后半句硬生生又咽回去了。

我们谁都没说话。安静得让人感觉皮肉发疼。

记忆好像被拉回很远的兰州城，一碗拉面，每个清晨的浓雾里闻着香味，穿梭在黄河上。

这黄河，围着兰州城，数千年。

你的姓氏，我的名字

1

十六岁那年，我做了一个决定。

不再依靠母亲，自己去超市买卫生棉。

那时小，只知道胸前日渐膨胀的物体，它们像两颗种子，在我身体里生根发芽。

这是一个大胆的决定，源于内心突然间爆发的小怪兽作祟。

我穿一双人字拖，站在超市货架旁，“七度空间”和“舒爽棉柔透气”这些字在我脑海迸发，相继扑来。

那是一包紫色的，有着“干爽”“网状”“夜不漏”“睡得香”字样的卫生棉。

我在一堆卫生纸货架前跺着脚来回转了好几圈，环顾四周无人，伸手去够时，有个小孩走过来，踮着脚去够湿巾，我瞬间缩回手。

我在超市半个小时，见过胖妈、隔壁三单元的李二。

这些熟人，让我没法下手。

出超市，我站在超市大门处，玻璃门从里面推开，走过来一个男孩，穿着体育队的篮球服，胸前是一个大大的“11”号，大红色。

他站在我跟前，从裤兜里掏出黑袋子，塞我手里，说：“盯你半小时了，还以为是贼呢，原来是情窦初开的小姑娘。”

我在他身后打开，黑色的袋子里，温柔地放着一包紫色的卫生巾。

上面写着“七度空间”。

2

十几岁，会因为电视上帅气的男孩，在床上做着公主抱的白日梦。会把偶像的大头像贴在笔记本上，会坐在教室里，转动铅笔，画出自己幻想的世界。

女孩的世界，永远是粉色的。也会因为某个人，突然想让自己强大。

母亲第 N 次在家里打麻将时，我逃了。走在昏暗的灯光下，巷子口有只黑猫，钻进恶臭的垃圾桶，叼出一条死鱼。它把鱼摆在地上，肚皮朝上，然后瞪我一眼，示意我别去抢，接着就是嚼得骨头炸碎的声响。

我开始往家跑。

一把推开那扇门，母亲裹着毛巾，头发刚洗过。她斜靠在椅子背上，桌面上摆着几百块钱。她手里搓着麻将，开始察言观色。

我喊她一声。

她没应。

我又提高分贝喊了一声。

只听得对面坐着的女人高呼：“胡了胡了！来来来，给钱！”

“你爹的小祖宗！”

母亲朝我扑过来，揪着我的发，斜扯在地上，她将我往麻将桌底下拉，然后在我身上掐，早已青紫的皮肤，在她的恶毒行为下，变得更加狼狈不堪。

“喊喊喊，喊个球啊，老娘这一输就六百块钱没了！你个小王八蛋，当初咋不跟你爹一起死了呢！”

所以你看，我从不指望她保护我，或者说，给我买卫生棉。她的遭遇和落寞，来源于男人的背叛，她把那种愤怒，在每个噩梦醒来的早晨全部发泄给我。

她受够了别人的冷言冷语，那些言语在妇人谈笑间流出，于是她愤恨，愤恨背叛，愤恨我。

那时候，在你们被接送上下学，被宠成公主时，我的双手泡在碗筷中，一点点认真洗着生活的污垢。

我想强大。

我想，在某天睡醒时，变成一个男人。

体育课结束时，老师唯独喊了我一个下课去办公室。我站在走廊里，走廊两旁贴着名言警句。

李老师站在中间，他推一下黑框眼镜，对我说：“张乔，县体院来咱们学校选拔尖子生，特意交代要个姑娘，你呢，个子高，腿长，平时不咋说话，但这蹦跶的劲倒是比其他人强点。你是怎么想的？”

我的眼睛含着光，用力点头。

他又说："嗯……不过你妈……就得你自己解决了。"

那是我内心深处无法逾越的一道鸿沟，我站在门口看着母亲，她日渐消瘦且满嘴脏话的品行，成了驱使我离开的最后一道筹码。母亲说得云淡风轻："去去去，赶紧去投胎，老娘懒得再理你。"

蝉鸣声盖住的夏日，街道四周散发出让人周身不痛快的汗液味道，体校被一堵红墙圈住，红墙外是一条水泥路，正对着一个三岔路口。妇女们穿短袖盘坐成一堆嗑瓜子，人群退去时，地上只有残留的瓜子皮，还有映在水泥路坑洼上闪着红光的"香烟酒水""大闺女澡堂"。

这是青黄不接的夏天，也是热得像蝼蚁爬满周身的夏日。

我透过体校篮球场围栏，再一次见到了穿着蓝色球服，背上写着"11"号的少年。

我和他第二次正式见面，是我来体校的第一堂课，老师在操场教新动作，他几步从男生队里窜过来，绕到我身后，拿铅笔戳我的背，我转身，抬头，看着他。

他小声问我："还记得我不？我帮你买过……那个。"

我羞红着脸点点头。

他又蹲下，单手扶着跟前的男同学："喂，你胆子那么小，跑来体院干吗啊？这群老师都是不要命的。"

那是种怎样的感觉，我不懂。十几岁的年纪，遇到男孩，脑子里能想到的大概不是什么爱或者喜欢，或许只是单纯觉得他对你有所图谋，或者只是想成为朋友。

我进了柔道班，再没碰见过他。我的性格太沉闷，时常蜷缩着身子躺在飘窗前，要么跟着学姐去操场练习散打。当拳头挥霍着汗水在操场上四溢放纵，很多镜头的剥离下，我像极了一个老者。

一个月后，我剪了短发。

也是这个月，我知道 11 号少年叫乔茳。

3

乔茳在跆拳道班，我在柔道班。两班第一次练习对打，是在星期五下午的最后一堂课上。

乔茳又像第一次窜过来那样，从后排窜到我身后，拿着铅笔戳我。我没转头，好像是等待他的发凑在身后。

“咱俩对打？”

“可以啊。”

我和乔茳站在同一场子上，他穿一身黑色，我穿一身白色。多余的动作不想描述，最后的结果就是，乔茳倒地，是我，三下五除二把他撂倒的。

那个夏日风沙很大，操场上时常伴随着忽来忽走的风沙，吹得人睁不开眼睛。乔茳躺在操场中间，张着双手，做出腾飞状。他喊我的名字，抬头对着染过的天空喊。那时候年轻，什么都不懂，我单纯地把这种感情，归结为友谊。

乔茳爱蹦跶，也爱跟着我。和我并排走在一起，他会捏捏我的胳膊，捏捏我的脖子，然后纳闷地说：“你这细胳膊细腿的，当初到底是怎么把我撂倒的呢？”

他讲他的父母，坐在学校的食堂里讲，把在校门口新买的棉花糖塞给我时也讲，在他的世界观里，父母的宠爱让他窒息，他逃到这个体校时，就做好了以后远走的准备。

我告诉他：“我来体校，是不想深夜两点去砸小卖铺的门买烟，也不想放学时听见我妈打麻将的声音，也不想再忍受因为麻将输了她揍我的疼痛。所以你看，你过得多幸福。”

我有件白色短袖，上面印着路飞画像。

乔茳说：“这是谁？”

我说：“这是路飞，他的橡胶手臂像雷达，扫描一切地雷般的凶狠角色，他的胃能装下一头牛，他的伙伴是一群海贼。”

乔茳就不讲话了，他在离我一米远的地方站定，半天，他说：“不看动画片，那你会打麻将吗？”

我和乔茳在体校三年，形影不离的生活，让他成为我唯一的依靠。练习对打，考试时偷让我几招，一起翻学校大门出去买杂粮煎饼吃。那三年，我改变了很多，以前坚硬如石头般的性格也变得多话、爱笑起来。

体校门口的三岔路口，有一条是古街，前不久拆迁，纸盒子里包裹着一群狗仔，蜷缩着身子唯唯诺诺地探出头，望外面的世界。有人说，埋了；有人说，流浪得了。只有乔茳像一个勇士，怀里抱着一件旧衣服，跪在地面上弯腰够到纸盒，一把扯出来，把里面放着的五只狗仔放在旧衣服里裹住。之后，他从阅报栏的背面，偷偷溜上女生宿舍。

然后，我光荣地成了狗主人，养着五只狗仔。

来年秋天时，落叶铺满整个小道，林荫小道落寞起来。上蹿下跳的狗仔圆嘟嘟的，跟在乔茫身后，他拿着相机，把这秋景定格在瞬间。

4

体校毕业后，我和乔茫进了同一所高中。

那时候，母亲已经打麻将成瘾。她的生活堕落至极，在日复一日的碰撞声中，靠着香烟度日，我回去过几次，推开厚重的门，进屋就看到她的不屑一顾。清晨浓雾挨着密密麻麻的电线杆醒来，推开窗户就看到乔茫骑着一辆脚踏车在楼下，朝我挥手，手里拿着一瓶挤到变形的牛奶瓶。

我背了书包下楼，乔茫吸着鼻子，冻得通红的手塞进包里，之后他递给我一瓶牛奶。

“呶，还是热的！”

“你在哪放着呢？这么烫？”

乔茫咧开嘴笑：“嘿嘿，在暖宝宝底下藏着呢。”

我们穿过一条条巷子，抬头就能看到鸽子成群问候早晨的美景，天线压得浓雾分散四周，整个巷子都笼罩在一团云雾中。偶有黑猫窜出，上了他的脚踏车。脚踏车轮子飞快转动，朝前飞跑，我跟在身后，穿过被他甩开的一条条巷子，以及属于他的整个青春。

显然打麻将并不是母亲唯一的消遣，她靠父亲外出打工寄来的钱度日，有人告诉她，父亲在外面有女人，干吗还养着她，她愤恨，气得牙痒痒，但什么都做不了。就像多年前我在巷子口见到的那条被黑猫叼着的死鱼，命皆是定数，由不得谁左右。所以她讨厌女人，比如我。

某天我穿了裙子出门，她手里搓着麻将，嘴里喋喋不休地说："穿成那样，跟大街上的狐媚子差不多。"

乔茳在冬天铺着厚积雪难行的巷子口出现时，脚踏车栽进雪里出不来了。他在楼下扯着嗓子喊我的名字。这是一栋旧筒子楼，总共六层，墙面水泥早已随着日积月累的磨损变黑，掉着漆皮的门外是一条长走廊，上面摆着灶台和垃圾桶，在连串的喊叫声中，人们从这筒子楼的旧门里传出不耐烦的声音，有人探出头望，有人扯着嗓子喊"大清早还要不要人睡觉"。

我迅速穿了棉拖，披一件羽绒服准备下楼，就看见母亲手里端着一盆洗脸水，抢在我前面下楼，她的动作飞快，几步从楼上到楼下，拐了弯就到了乔茳不远处。

随之，她开口大骂："喊喊喊，喊祖宗啊！"

她把一盆洗脸水，悉数泼到乔茳身上，他顷刻间仿佛置身冰海，哆嗦随之而来。

我一把推开她，抢过她端在手里的盆扔到地上："你干吗？"

"你最近天天收拾是出去干吗？是见这小崽子吗？我告诉你，你给我把品行放端正，现在还没到你早恋的时候，还有你小子，天天骑一辆破车在楼下献殷勤，别以为我没瞅见！"

乔茳抖着身子一言不发。

我站在那里，呆若木鸡。

母亲上前拽我，我不走。她直接扯着我的头发往楼梯口拉扯，然后我看到乔茳，像踩着云彩的英雄，他上前几步，把母亲的手从我头发上撕扯下来，然后他把我挡在他身后，我摸到他的衣服，那里早已是寒气加霜般的冰冷。

乔茳对母亲说："阿姨，有话好好说啊，拉扯头发的戏码是韩剧里的欧巴桑才会做的。"

"你，你，你！我教训女儿，管你啥事！"

乔茳依旧不动，他预备好接母亲甩下来的一巴掌。我推开他，那巴掌落在我的肩上。

"你先回去！"

乔茳摇头。

"你先回去！"我喝住他，"没你什么事！"

"张……张乔……"

"回去！"

整个筒子楼炸了，我成了不良少女。在母亲天天挂嘴边念叨的日子里，围在一起织毛衣的妇女逮着我就问："和小哥发生关系了没？年纪轻轻的，得爱惜自己啊。"那些话，就像针尖一样扎在我内心深处，在心底扎出一个个无限放大的洞，那所谓的青春，早没有伎俩可谈了。

乔茳的脚踏车从楼下经过时，他抬头望一眼窗口，然后低着头轻拉衣服链，缓慢地推着车子，脚踩在厚厚的积雪上，发出"咯吱咯吱"的声音，在巷子口消失不见。

也是那年四月，张国荣抑郁症病情失控，自杀身亡。行道迟迟的岁月，并没有给这位歌手留下什么，他离开的时候，小区楼下开满海棠花，乔茳抱着十几盘磁带，坐在楼下哼着那首《当爱已成往事》。

梅艳芳死的时候，乔茳去了新疆。

他寄来的信厚厚一沓，落笔处的时间是二〇〇三年十二月三十日。

5

二十几岁，会把生活当作一种游戏，把挤地铁当作一种生活方式。会认不得昨晚走过的街道，会唾弃用金钱衡量爱情，会坐在办公室里，手按键盘，敲出自己被生活压迫的模样，也会因为某个人，突然想让自己强大。

成年人的世界，永远是黑色的。

乔茳的部队生涯，一晃就是几年时光。我从高中毕业到大学毕业，再到为自己谋一份能混下去的职业，在这座没有温度的城市生活，遇到很多人，也被很多人遇到。一份能吃饱的盒饭，不奢求会配一碗汤，快节奏的生活方式，坐地铁成了最好的消遣模式。内心深处，不敢说别的，也不敢去思考别的。

乔茳成了我若有若无的一部分，我谈过几场恋爱，都以失败告终。

我们会偶尔视频，他信号不好，有时候正讲着，手机就黑屏。仅存的一丝幻想也变得破碎不堪。部队生活的方式我不懂。乔茳去新疆的这几年，只回家探亲三次，有一次我在，其他两次正好我被公司安排出差。

有时候想想，瞬间的心口生疼是为什么，或许，只是偶然间记起，那些过去的少年时光中，有一个少年，一直在雪中前行，不曾回头。

若干年后，我还是孤身一人。不是找不到，是不想找，也或许是在等待，但是等待什么我不知道。

和乔茳失联半年后，他用内蒙古的座机给我打来电话，他说，现在他被调到内蒙古了，这边太冷，还说家里给他介绍了一门亲事，他没时间回来。

我的心里五味杂陈，后来的半小时和乔茳说了什么，我不记得了，只记得挂电话时，他那边风很大，吹得电话筒发出奇怪的声音，他重复好几遍的话，我一句没听清，最后就是那吼破电话筒的一句："张乔！这么多年，你想我吗？想过吗？"

我没出息地哭了，我扯着嗓子喊："想！"电话筒传出"嘟嘟嘟"的声音。

6

二〇〇八年八月七日，奥运会开幕式的前一天。

我去了曾经待过的体校，它换了新地址，这里拆迁后会被开发商盖成旺铺出租。我到门口时，三岔路口抬头就能看到的妇女们穿着短袖盘坐成一堆嗑瓜子，人群退去时，地上只有残留的瓜子皮，还有映在水泥路坑洼上闪着红光的"香烟酒水""大闺女澡堂"的情景，早已没了踪影，有的只是冷风吹过的萧条罢了。

迈着步子进门，门卫室的台阶上坐着一个小男孩，头发微卷，眼睛像葡萄。我迈出第一步，他突然一声喝下：“阿姨别踩！蚂蚁在搬家！”

我对这个小不点产生了兴趣，蹲在他不远处的台阶上，歪着头问他：“在这干吗呢？”

他答：“跟我爸爸一起来的！”

小不点站起来，阳光洒在他身上，透过树杈，像五线谱。我看到，他穿的短袖胸前，印着海贼王路飞，他如勇士般冲开围攻，把那双手砸向大地。

小不点看看短袖，又抬头看我，骄傲地说：“我爸爸说这是路飞，他的橡胶手臂像雷达，扫描一切地雷般的凶狠角色，他的胃能装下一头牛，他的伙伴是一群海贼。”

请回答我的一九九三

1

我十七岁前，是个哑巴。

不对，因某种心理疾病导致不能讲话者，应该不能叫哑巴。这么解释也不对，这世间，所有的哑巴，应该都被叫作语言障碍者才对。

我把这段话很仔细地写下来，递给小区的林大妈，她憨笑着拿在手上，然后靠在火炉边，借着灯光仔细端详。半天，她笑，然后拍着我的头说："哎哟，什么语言障碍者，这样别人听了啰唆，你写起来也啰唆，以后就在纸上写'哑巴'这两个字就行了。"

这年，我十六岁，在昏暗的灯光下，微微点头。

在西北，"哑巴""聋子""缺胳膊""断腿"等词语，在尚不是很崇高的地界里，通常被这些词语称呼的孩子，是社会不能接受的。也不能说不能接受，他们是被单列出来的个体，而他们的群体，自然也是有所缺之人。

这个道理，人人都懂，唯独李亚军不懂。

2

我八岁时，母亲死于车祸，车祸现场留下一个我，还有在矿山打工的李亚军。

二十世纪九十年代初，李亚军在三中后门附近摆了一个烧烤摊。一辆赤红色小三轮上面焊了一块挡风玻璃和老招牌，架子上是成斤的菜串和猪肉，锅里的汤冒着热气，校门一开，那些学生就像非洲大迁移的羚羊一样穿过李亚军的烧烤摊。生意红火时，他卖掉了烧烤摊和一辆自行车，背上挎着和他身体不协调的挎包，拉着我的手，出现在成州小学教导处门口。

教导处在四层，正值夏日，出来的老师都手握蒲扇，静悄悄的，李亚军抬头，打量着周围老师的眼光。我站在他身后，这是李亚军第四次带着我，以这种方式出现在教导处门口。

“啥？都说几次了，这娃要去聋哑学校，这学校不是她待的地啊，老李。”

“你就跟我讲咋不能待了！跟你们说过很多次了吧，她是意外受到惊吓，讲不了话，在正常学校好好待着，说不定某天病就好了啊。”

“老李！我们有规定，请你端正你的态度！”

“狗屁规定！”

“你态度好点，我跟你讲！”

我真的觉得很丢人，对李亚军这样的做法感到丢人，蝉声绕耳、汗流四溢的夏季，急火攻心、气急败坏这样的词语，是最能在他身上体现的。他脾气犟，点火就着，我本想上前去抓那露在外面的手示意他回家的，可是你瞧瞧，不出三句话，一群人就厮打在教导处，那些热的、冷的、冰的知觉，都被冲动击败。

李亚军的折腾并未奏效，他依旧如前几年那般，挎着包将我送进了聋哑小学，小学在幸福路和西关路的岔口上，离甸子河不远。

推着烧烤车走不到三分钟就能看到甸子河。细柔的泥沙浪卷露宿的沙河，我坐在车座后方，抓着李亚军的衣角，脸埋在他宽厚的肉缝里，他的汗珠一颗颗滚落在我脸上，烫得我脸皮发麻。

“你没妈咯，我没媳妇咯，以后啊，我们就是孤家寡人咯。”

他又说：“吃苦受罪，反正就这么着了吧，你啊，当一辈子哑巴也好。”

一个月之后，李亚军的烧烤推车又出现在校门口，他挽起袖子，吆喝着翻菜架的那些学生，在每个清晨里，这声音，总能打破我的思维，将我拉到他的身影下。

3

可这男人，哪懂得照顾姑娘，他五大三粗的背是风餐露宿的温饱，是清汤寡水的平凡。

李亚军的烧烤手艺，可不是一般撸串烤肉的普通手艺，他跟着长水来的师傅学了半年，将待烤物揉进面里，掺和鸡蛋，一扣一拉，再倒进锅里煎炸。就连那和着拉面吃的牛骨汤，经过他改造，都能成为麻辣可口的蘸料，校门口的摊位旁，挤得最多学生的，总是李亚军的摊。卖煎蛋的林妈总说:“你爹啊，长了一张会哄学生娃娃钱的嘴。”

那时候的我，总讨厌晚上回家的他，油腻脏垢，浑身上下散发的只有油和肉的味道，刺鼻难闻，他倒也知趣，每晚都晚回，却从未打扰安稳睡觉的我。

扎马尾、买发卡、扎辫子这些事都是我自己勉强完成的。

其他女孩子有的漂亮头发，在我头上就是一堆杂草，李亚军看不下去，塞给我钱，让我放学去马大姚家剪头发。

长发的我变成假小子，他满意地给我买一顶帽子，盖住裸露的头皮。

日历翻到八月四日时，是夏季升学的日子，我从小学升初中。李亚军给我买了一条花裙子，土到爆，我在他收拾碗筷之际，迅速脱了，换上平时穿的那条白色裙子，他撩起窗帘喊我出门，看我一眼，就开始嚷:“成千千！嫌弃老子给你买的裙子是不？你这丫头，心眼挺多，得了！就穿你这件烂货吧。”

我低头将“妈妈”两个字写在卡片上，递给他，他捏在手心里，指尖的汗在洁白的卡片上留了一个印。李亚军摸摸我的头，尴尬地一笑:“哈，你妈买的啊，难得难得，她还留了念想给你。”

他将我拉到面前，伸手欲抱我，又尴尬地落下。自我有记忆以来，只记得这个男人的背，这个男人所谓的尊严，致使他从未弯腰抱过任何人，除了他扛进厨房的煤气罐。

他说:“那个啥，我要出门去拉菜，学校不远，你自己去，记得早点回家。”

我坐在他的烧烤车后座，他蹬着车子左拐右拐地出了巷子口，红绿灯处，他停下车，我伸脚去够马路，他习惯性地将车倾斜，我的脚碰到马路下了车。他敷衍几句招呼，哼着歌，穿过人行道，去了光大菜市场那条路。

我的对面是甸子河，河左侧有个父亲，肩膀上坐着自己的女儿，举得老高，女儿的头顶碰到柳叶，柳叶落在身后。望着这长绵娇羞的甸子河，我想，这个夏天大概会很热。

晚上回去时，他把我叫到跟前，我站定，抬头看着他，李亚军嘴里叼着烟，伸手去掏怀里的东西。

是一个被黑色塑料袋包裹住的东西，他打开，放在我面前，封面上的字很小，但是能够很清晰地看见“哑语教学”四个字。

“千娃，我今儿去市场转了下，学习了一下，原来还有哑语这玩意，真是好东西，以后我教，你学。”

我点头。

他满意地续上一支烟。

4

一九九三年六月三十日，黄家驹在日本富士山电视台做节目时发生意外，昏迷六天后，于日本东京逝世，享年三十一岁。

三十九岁的李亚军，抱着那台信号不怎么好的电视，哭了一个钟头。

当年母亲死在医院里的时候，这个男人不说话，他的身后是一堆烟头。也是从那时开始，他学会了抽烟，也学会了听黄家驹的歌。他的烧烤车上至今挂着一个录音机，里面放着黄家驹的歌，每个夜里，没个三五根，没个黄家驹不睡觉，如果烟抽完了，哪怕是半夜三点，他都会提好裤子出门去砸商店的门。

黄家驹也成了他收集册里的纪念品。

一九九五年的冬日，一场多年不见的大雪封了镇子唯一的一条路。李亚军跟着一群男人上了旬子山去铲雪开路，一天挣六块钱。一星期后他回来，把我裹得像个粽子，然后架在烧烤车上就出了门，到了百货大楼，指着货架上的高领毛衣和羽绒服对我说："使劲挑，今天给你换身新的。"

"先生，我们的新货在二楼，你可以去看看。"

他拉我上二楼，见我选了一件毛衣，大笑："哎哟，你这娃，真有眼光，那就它了，装上吧。"

"先生不再看看了？"

"不看了，我女儿选的是最好的。"

这时这个服务员打算低头和我讲话，她摸着我的帽子，用糖果般的声音问我："几岁了呀，小孩？"

那时我已经上了初中，在外人看来，我是很正常的女孩，上学、放学、回家、看书、写字。可我终究是有缺陷的，这缺陷，让我抬不起头。我的指甲掐着肉缝的时候，李亚军一把将我抱在怀里，然后起身，我就钻进他怀里，他嚷着："啊呀呀，冷，把我丫头都冻得说不了话了，赶紧给我装起来。"

几分钟后，我的脸埋在他的大衣里出了门，他随手把包装好的毛衣扔在车座后面，又开始喋喋不休起来：“下下下，下个鬼啊。”

那是他，第一次抱我。那晚雪很大，雪花打到脸上，刺骨的冷。

那年冬天他教我哑语，可是依旧是笨拙的模样，他对着电视学习，晚上拿着那本书比画。我放学后，他就把我叫到屋子里比画，可依旧是笨拙的模样，无丝毫改变。那个时候我用哑语基本能对话，在学校时学习到很多，我给李亚军比画，他就吵着我的是错的，他的才是正确的。

李亚军脾气不好，以至于周围邻居基本不怎么帮他的忙。

夏天的时候，他去了煤矿挖煤，工资怎么结算我不清楚，只是每晚我都会被寄放在离我家不远的包二家，包二是李亚军同辈的好朋友。他每晚几点回来我不知道，我只知道晚上我在包二家，清早睁眼时躺在自家床上。

他在煤矿上倒干得很安稳，没过多久就给家里换了煤气灶，换了新灶台，还将那台长年信号不好的黑白电视也换成了彩电。青年联欢会时，李亚军给我买了粉底、口红、眉笔，款式老套，难看至极。

他笑着说：“我姑娘不用唱，这么一打扮，站在哪都美丽动人，何须去唱，哈哈。”

5

二十世纪九十年代的中国，方方面面都在经历着时代的变革。从分配工作到自己找工作，从分配住房到自己买房，从国有企业到私营企业，从自行车到私家车，那时候的李亚军哪懂得外面世界的变革，他的眼里除了煤矿，还有一个就是世界杯。

一九九八年第十六届法国世界杯，用李亚军的话讲，那是一届纸上谈兵的世界杯。有时候我真的很好奇，初中毕业毫无学问的他，居然爱世界杯爱到痴狂。

李亚军说："让半球真是无稽之谈！"

我不记得李亚军钟情于哪支球队，我只记得他在电视前熬夜看球，最后挥泪关电视的情景，我只记得但丁歌手瑞奇·马丁演唱的 *The cup of life*。或许，那就是父母的青春吧。

也是那年世界杯之后，李亚军洗裤子时，发现我裤子上的血迹。那是我度过最漫长的夜晚，我望着两腿间的血迹，蹲在门口，我以为那是上天对我这些年苟活的惩罚。

或许是得了白血病，或许是癌症。我反复写卡片，想用世界上最简单、最朴实无华的句子和李亚军告别，可我终究只字未写出。

我第一次见李亚军脸红，他低头看着洗衣机里的衣物，那血迹如蔷薇花渗透在水里，消失不见。我开始哭，他赶紧蹲下，手忙脚乱，脸部发红，想讲话，却欲言又止。

我继续哭。

"祖宗祖宗哎，别哭啦！哎呀，你说这事闹的，咋收场！"

"其实吧，千千，那个啊，不是血，那是……是……"

他的脸又一次绯红一片，站起身来取下桌上的塑料袋塞给我，什么话都没说，我哭得更加厉害。

李亚军急了："哭哭哭，哭啥，又不是病，女娃娃大了，都得经历，知道不，傻丫头！"

我打开塑料袋，看到一袋卫生棉和一卷卫生纸。

李亚军去煤矿的时候，我在不远处站着，依旧裹得像个粽子。他在围栏里面，穿着特大号工作服，朝我摆手，示意我注意安全，随后他就下了洞。

李亚军的一个负责煤矿后厨的工友拉我去了厨房，给我几瓣蒜，用手比画着让我剥，然后摸着我的头，叹息地说："哎，这么可爱的姑娘，可惜了。"

那些言语间，最多的是可怜，夹杂在数不清的流年里，看得多了，听得多了，同情一类的故事，也懒得去沾惹。

摘菜的和做饭的凑在一起细声地说："亚军就该有个女人来照顾，四十岁嘛，再娶一个，好歹让千千有个妈，毕竟男人就不是照顾娃的料。"

这话，像一根刺，扎在我的肉缝里。

6

果真，李亚军娶了一个二婚的女人，叫何亚萍。

两人还真是如出一辙，名字里都带"亚"字，萍水相逢啊。

何亚萍进门的前一晚，李亚军难得买了牛肉和猪肉，在厨房倒腾许久，就变成了五个菜，旁边摆着一瓶酒，他拧开，倒出来。我坐在他对面，望着他，比画着问他要干吗。显然他看不懂我比画的什么，他索性坐下，喝了两盅，才同我说："千啊，该给你找个妈了，这几年我也是大意了，总觉得能把你养成人，其实我一个男人，哪来的那些细心。"

说实话我想哭，可终究是忍住了。我准备好的卡片，想好的话，都成了石像，站立在我的脑海，无法动弹。

何亚萍进门的时候，没有大操大办，这个女人穿着一件红毛衣，怀里抱着两个洗脸盆，就来了。李亚军在她来的前夜，将母亲的照片都收在了箱子里。

她长得没有母亲好看，母亲年轻时是省城的老师，书生气十足，眉眼间皆是温柔和诗情，而何亚萍有的，只是那山间流淌的水，朴实无味。

我对她笑，她对我嘘寒问暖，倒没有李亚军对我那般随便。这毕竟是他选的女人，不管是为我，还是为他，终究是我的家人。

她待我挺好，洗我的衣服和裤子，下雨时去校门口接我，开家长会时总会坐在我家人的位置。她待李亚军也挺好，至少每晚李亚军的饭菜有了着落。

可是，人终究是自私的，是有占有欲的。我承认，李亚军幸福是我所期望的，可是他们在我面前笑的时候，彼此相依的时候，我的脑海里总会闪出我的母亲，她那些年的坚强和柔弱，她每个夜晚独自等待李亚军的情景。

这是我无法迈出的一道坎，可是李亚军做到了。

和从前相比，李亚军现在生活有了着落，终归是好的，我是心甘的。

有一天何亚萍和我说：“我还是没能成为你的妈妈。”

我朝她笑，没写卡片也没打手语，她很暖心地摸我的头，尴尬地一笑，再没说话。

他们第一次起争执，是我高考前一晚。

可笑的是，他们的争吵，为的是我的治疗费。

李亚军不知从哪得来的消息，说我的嗓子省城医院可以治疗，但是需要五万块钱手术费。五万块钱，对于当时的我们来说，根本就是天文数字，有时候逼急了，那都是命。

何亚萍这次投了反对票，他们在屋里争执，那晚的雪很大。

我坐在床边，没打算听，可是他们声音太大，从屋里吵到屋外，前前后后，里里外外，我的耳膜都快炸了。

“五万不是小数目，治了干吗！”

“老子的娃老子就得治！”

“那我呢，我怎么办？”

“你是老子的女人，老子也得管！”

“拿五万去治，你疯了，都哑巴这么多年了，继续不说话又怎么了？”

之后，就是震耳的一巴掌，然后就是玻璃杯和碗筷碰撞的声音。

李亚军扯着嗓子嘶吼：“老子这辈子最听不得的就是你嘴里吐出的这俩字，你说话最好过过脑子，哑巴哑巴哑巴，她被这词折磨了多少年你知道吗？你要再说这词，我砍死你，记住，是全家。”

我从门缝看到李亚军暴起的青筋，看到他眼角的泪，那是一个父亲，流过的最坚强的泪。

那也是一个女儿，最无法平静的一晚。

第二天一早，李亚军还是没能在我的劝解下消气，他与何亚萍离了婚，自己攒的钱，也被这女人卷走了。他倒也轻松，钱是王八蛋，没了再赚。

7

李亚军攒了一年钱，加上跟亲戚借的，凑够了五万带着我去省城做了手术，可手术失败了，我依旧不能说话。

他老泪纵横，欲言又止，在我床边，想说的话有很多，最后将眼泪憋回去，千言万语汇成一句："我去问问，失败的手术退钱不。"

高考后，我由于自身原因没能去读大学，李亚军在负债累累的情况下，坚持给我买了台电脑，他说："此处不留爷，自有留爷处，我们的千千，以后就在家写小说吧！"

李亚军按我的要求去市场买了二十来本小说，都放在书桌上，他起初对看书是反感的，以至于他来我房间只是逛逛，后来家里的电视坏了，他也懒得修，就来我房间聊天。

见我忙，他也不说话，随手拿起书翻看，起初也是随便翻翻，后来从十几分钟到半个小时，到最后会看几个小时。

那段日子他痴迷《山楂树之恋》，看到结尾，悲伤的表情就上来了，哭得天昏地暗，梨花带雨："我们的静秋和三哥，这太悲情了，千千啊，你以后可不能写这样的，扎心了老铁。"

二〇〇〇年来临之际，李亚军随二叔去跑车拉货，那时候债已经还得差不多了，刚巧二叔一直做生意，就喊了他，去跑车拉货，走的线路是上山路。

我在网上写连载小说，也算收益好，他的生活负担不算太重。

可我不知道，他是往旬子山上运石头。

夜里，我接到二婶的电话，穿了雨衣出了门，打了辆车准备上旬子山，只是路很滑，最后还是不得不回家。

第二天凌晨，二叔来敲门。

他浑身湿透：“千……千……去医院看看你爸吧。”

那时我所有的支撑土崩瓦解，那是最坚强的外衣被撕破的时候，那是旬子河最咆哮的一个早晨。

李亚军躺在白布底下，白布已被血染红。二叔说：“人没了。”

他的腿早已血肉模糊，那些滚落到山路上的巨石砸向他，他用血肉和巨石做斗争。

我不能用任何词汇来形容，我的嗓子就像裂开了。

跪下的瞬间，那声喊叫，响彻整个医院。

“爸！”

母亲为我从过良

1

母亲杀了父亲后，算是痛快活了一次。

她犯罪之前品行就不端正，进过三次监狱，全是因为打架之类的琐事。所以你看，有这么一个不良母亲，我多半也不是什么正经人，当然，在外界看来是这样的，上梁不正下梁歪这种恶俗的根源深扎在脑中，盘根错节，没有对错。母亲的放荡成就了她在镇子上的名声大噪。

我对她的记忆只有桌前摆放的烟盒和朱红色口红，还有衣柜里一件件黑色蕾丝的丁字裤。

要说更清楚点的记忆，大概就是我读小学时，在窗户外面听到的那一声声撕心裂肺的呻吟声，以及隔着窗户看到的压在她身上的男人。

她结婚前，叫蕾思，我父亲经常喊她杜蕾斯。

父亲是母亲为数不多的固定交往对象之一，在父亲之前，母亲还和东片区的支书家大儿子张黑有染，张黑照料过母亲多年，这人也义气，一直照顾着母亲开的发廊的生意，三天两头去洗头发，没事晚上再搞搞。

后来张黑结婚了，媳妇管得严，有时悄没声地偷溜进发廊，对母亲又是摸屁股又是捏大腿，但就是不敢提枪就上。对张黑来说，时间短，味不足。而对母亲来说，她没有丝毫和张黑在一起的理由了。

父亲曾说过，母亲和张黑那档子事，可远没有她嘴里说得那般轻松。

人和人，最害怕的就是对比。黑乌鸦和凤凰没法比，游戏人间，该遵守的规则还得遵守。所以你看，父亲配母亲，走到哪都说得过去。

一个不良女配一个出狱没多久的男人，这种天然无公害的搭配绝对找不到第二家。

我母亲不是什么好鸟，我父亲当然也不是。

或许有人会问我："既然都不好，你还好意思讲出来？"

谢谢您，我还真就好意思讲出来。人分三六九等，畜生也分。每年的父亲节、母亲节，就该给道德高尚、一心为家之人颁奖，不善良的妇女，蹲过监狱的男人，在某种环境下，只配头顶这两个字，不害臊地度过余生。

2

十岁时我就知道，我和普通人家的孩子不一样。回家面对的是化妆品、烟味、麻将碰撞声，以及永远热不完的冷剩饭。母亲会在很晚回来，一身酒味地躺在沙发上，大卷头发垂在胸前，嘴里吆喝着风月之词。

我读小学时开家长会，母亲站在台上，就像那车站上每个夜晚四处飘荡的揽客女子，穿黑丝袜，戴大耳环，我躲在她身后低着头。那时候我居然还会害臊，还会脸红，她张开双手把我揽在怀里，指着讲台上的男教师讲："她不听话你就打，娃就该挨打，挨打才能教育好，不是吗？"

如果地板上有洞，我肯定是为数不多钻得最快的那个。这画面让我联想到生物书上学过的生命诞生的过程，精子们奋不顾身，争相游向卵子，只为自己投身这世间来饮冷暖。如果可以，我倒宁愿从未来过母亲的子宫。

她从不考虑我的感受。母亲出去会客，我跟在她屁股后面，她和别人亲热、接吻、互相挑逗，我就挨着她的大腿怯怯地看。有几次她会管我，一把转过我的头，但有时候激情上来，就顾不上我，只顾着呻吟。

这种场合见多了就习惯了，父亲更是习惯了。他的麻将生涯和酗酒生涯，全靠母亲支撑。其实我挺好奇，母亲怎么也算女强人，她完全可以一走了之，不用管父亲，就算他再次喝酒出事，哪怕是死了，也不关她的事。她大可以找男人养着，活得潇洒自在。

原本就是靠身子养活自己的女人，风花雪月的，包养也不为过吧。

她生活作风就这样，但待我还是很好的。小时候不懂事，老爱跟在她屁股后头，后来大点了，读了高中，渐渐知道礼义廉耻，以不碰见为喜、碰见她为耻地生活着。

高中三年我在县城读书，寄宿生，每周末回家一次。那三年父亲去了北京打工，总共问母亲要过三次钱，最后一次时，母亲对着电话筒就是一嗓子："再要我跑到北京剁死你！"

自那开始，父亲便没再跟母亲要过钱。

那三年她待我还不错，每周末回去，难得能吃上一次她做的菜，红烧肉是黑色的，苦苦的，麻婆豆腐咸死人，米饭是半生的，厨房更是被她折腾得到处都是油烟。她在手机上下载了学做菜的 APP，说以后我每次回家，都做不一样的菜给我吃。

人大概到了一定阶段总会散发某种天性，而那应该是母亲的母性情怀弥漫整个天空的时候吧。我记得很清楚，那年夏天很热，蝉鸣声盖住整个夏日，她新染了头发。

3

我对母亲渐渐不友好是高中毕业以后。

思想得到解放，会想些多余的事。灵魂就像待烧的木头，挂在火苗上四处跳动，炽热难耐，于是别人说什么都成真的了。

曾经当作放屁的那些话，自从我的灵魂变得敏感，它们也就越发敏感起来。我开始眼里揉不得沙子，耳朵听不得风声。

她的脾性改不了，自小的生活习性造就她放荡的一面。其实每次形容她，我最害怕用的就是这些破烂不堪的词句，尴尬的是，我居然找不到矫揉造作的词来形容她，就如同坐在小区楼下织毛衣的妇女，吐口唾沫指着背影骂她婊子那般无奈。

她和张黑搞过一段时间，在我毕业那年。我在肯德基打工，下班回去时是晚上八点半，走到小区楼下，楼上的灯亮着，推开门进去，就看到门口端正地摆放着一双深灰色拖鞋，卧室门紧闭着，隔着门，探着耳朵就能听到里面传出的呻吟声。

我的指甲用力掐到手心，握着拳头几次想上前去砸门，我害怕推开门那一瞬间自己的狼狈以及她面无表情、跟没事人一样的神情。对母亲来说，这种行为太正常了，她不良下贱了这么多年，睡过的男人太多，又何须担心其中一个落在女儿手上呢。很多时候你不愿去相信现实，但它总会绕着弯上前就给你一巴掌，不甜也不痛，刚刚好。

二〇一五年十一月，落叶盖住整个城市，父亲临门一脚的痛踢，算是彻底把母亲从呻吟中拉扯回来。她的梦做了一半，爱做了一半，意犹未尽时，被父亲一个拳头斩落马下。我穿好衣服下床跑过去时，张黑已没了踪影，母亲斜靠在床头，赤裸着上身弯腰点支烟抽，她见我进来，又把烟头藏起来，然后就是两个人的争论。

母亲说：“你在外面就没搞过？”

父亲回：“你个天生做鸡的，你看你哪纯了？”

母亲又说：“我哪哪都不纯，要不是当初怀了，我能跟你？呸！”

父亲又回：“你他妈怎么不打了？生出来干吗？”

母亲哈哈大笑：“老娘问你要钱，你给吗？你还好意思讲，让女人怀了，你连打胎的钱都给不起！”

父亲也笑：“下贱胚子！”

这种对话原来都是因为多了一个我，那突然间从地缝里冒出的多余感让我一丝喘息的机会都没有，握紧拳头，往前走几步站在床头前，上前一拳头砸在母亲胸前，接着一巴掌甩在她脸上。

她木讷地转过头，摸着火辣的脸看我。

这一巴掌扇得我好爽，唯一让我丢脸的是，掌心挨着那张脸时，居然有一丝的不忍，我也会想她的好，想她为我做的饭，想她生我时的痛苦，想她将我养大，但这种种，都抵消不了她躺在男人怀里的一声呻吟对我的刺激。我实现了多年自己想下手的心愿，竟是这般结果。我转身就走，头也不回地扔下一句话：

"当初就不该生下我。"

4

我不明白的是，那巴掌下去，她非但没怪我，也没再找张黑还有其他几个男人。第二天一大清早，就看她穿着乳白色睡衣，蓬乱地绑个马尾，素颜，手里提着一个卷在一起的床单出了门。那之后她的化妆台空了，只留了几瓶补水的和乳、霜，以前琳琅满目的大红色口红和彩色眼影没了踪影。衣柜里那些性感套装、丁字裤还有露乳房的内衣也都不见了。

她的脾性我猜不透，我们长达一星期没说过一句话。她早早出门，晚上九点多回来，一进门就钻进厨房炒菜，端上桌，之后关了自己的屋门。奇怪的是，这段时间她出门居然都是素颜，我像发现新大陆般惊奇地看着她，素颜出门对一个化了十几年妆的女人来说，是残忍的，可她居然做到了。

我却高兴不起来，我曾模仿母亲化过精致的妆容，坐在公交车上假装偶遇男生，整个公交车上的人都能闻到我的香水味，偶有上来搭讪的，先是寒暄几句，再问我电话号码，愚蠢的男人大概都是这样和女孩搭讪的。

我曾试着迎合过，试着接触过，我想去试着做这种事，它到底有何种魅力，能让母亲这么多年一直难以把持。她那种纸醉金迷的生活，我曾试着接触过，也无耻地想过，我会不会遗传了她放荡不羁的脾性。但结果表明我是拒绝的，在这一方面我是绝缘体。

你怎么也想不到，风花雪月、躺着挣钱的女人，有一天突然穿起衣服说她不靠男人挣钱了。这简直如比萨斜塔直立起，埃菲尔铁塔倒了一般，但母亲却在尝试着去做。

她在小区门口开了一家小卖铺，在我知道的时候，牌子都从广告公司打印出来挂上了，她素颜站在小卖铺里，穿一件青色裙子，腰上挂一个包，冲着前来买圆牌的小学生吼："挤挤挤，挤着去投胎啊，我这架子刚做好，谁挤坏谁赔！"

和她年纪一般大的男人有时候会探头进店，打趣地问她："卖情趣内衣吗？""卖振动棒吗？"

"卖啊，喊你们媳妇过来我再教她点别的功夫啊，哈哈哈。"

我不在时她会调侃，我在的时候她会很正经地轰走前来打趣的男人。母亲的连续剧，被生活逼迫得没了样子，她眼神变得落寞，却多了几分生活气息。父亲又一次出远门，母亲坐在床边塞给他一张存折：“最后一次！”

我不对我的父亲做任何评价，自打我记事以来，对他没抱过任何想法。他们两者对比起来，我依靠母亲的次数多些，毕竟她年轻好看，而父亲，光头，头右侧一块疤，个头低，皮肤黝黑，要不是意外怀孕，他们在一起生活的可能性太小。

我曾问过母亲，当初为什么跟了父亲。她的回答倒是干脆利落：“我这种人，跟了谁都一样。”

母亲算是从良了，开了小卖铺，渐渐和以往的生活划清了界限。要说她一点也不想那是不可能的，月圆的晚上她会坐在院子里抽一支香烟，抬头望着天，一望就是半晚上。

世人对世人都是不友好的。人群可以被分成几类，而我们最害怕的就是孤独。对从良的女人，良家妇女总会透过现象看本质，她们用犀利的眼神洞察一切生物，凡是对男人有利的生物，毫不夸张地说，杀一儆百就是最好的例子。

对男人这般，如果是一颗毒瘤污染环境，最大的痛快就是摘了以除后患，所以不管你现在如何，前科就是那毒瘤。

她们容不得母亲改变，在她们眼里，这狐媚之术哪怕是素颜也能勾男人魂魄。日子久了，母亲的小卖铺就被孤立，常有小孩编着顺口溜喊她“破鞋”“千人骑万人跨”。她心态好，端坐在椅子上，抓一把瓜子坐门口看热闹，有时候逼急了也会吼一句：“真想翻身干一票！”

5

我想象不出她的改变是为谁。

或许想开了，过了大半辈子风花雪月的生活，想过过素颜生活。或许她觉得，不管结果如何，总要为自己活一次。所以父亲回来，他越发地变态，越发地挥霍着钱。她面无表情，嘴里天天嚷着离婚，却看不到丝毫大的波动。我不知道，什么事才能让她被日渐压垮的背影有所波动。

我结婚那几年，母亲过得好不好我不清楚。我嫁到邻市，生活过得还行。隔一个月会给母亲打一次电话，从沉默到沉默，最后挂掉电话，我们脾性相投，都不会假装嘘寒问暖。我想，她活得好就行。

腊月三十晚上，我接到一个电话，话筒那头的男声很平静："你母亲杀人了。"

那晚的雪很大，通往县城的道路被堵死，司机只能抄小路走新铺的石子路，拐了几个小时，车子停在公安局门口，大门口是一层厚厚的积雪，看不到路，也分不清时间。我是迈着最大的步子跑到她跟前去的，所有以前觉得假惺惺的动作，都在那刻做了出来。

她先是转身看我，然后拉过我的手，再一把抱住我痛哭。我拍着她的肩，泪水滚落在肩膀上，那一刻我发现母亲老了，如这积雪，来过一次，就进了心，等到想起时，已经快要融化了。我喊她一声"妈"，她捂着嘴就哭。

"冷吗？"

这是她问我的第一句话。

“不冷。”

没说完我就开始抽泣。

那晚很冷，雪上覆盖着一层厚冰，窗户外有人撑着伞前行，滑倒在厚冰上。女警的一字一句，都像儿时心中那根炙热的木头，让我越发想逃离。

“你妈用烟灰缸砸死了你爸，事后还用刀子捅了三下来确定是否死亡。”

我问她：“为什么？”

她像一个老者，鬓前垂几根白发，一言不发地坐在灯光下，残留在她身上的灯光透着挡板洒在她身上，像极了五线谱。她是我的母亲，曾有过不堪和放荡，那些人性的罪责在证据面前就显得微不足道，此刻我什么都没想，唯一在心底重复千万次的，是怎么救她，怎么为她开脱罪责。

我试想过种种可能，或者是因为她受够了父亲的无赖，又或者是被什么组织逼的，再或者是失手杀了他，但这些都被随之而来的想法通通否定。

我从看守所的椅子上站起来，看着她一步步朝里面走去，在拐弯的瞬间，她突然一个箭步冲向前，用双手扑打着玻璃，示意我拿起电话筒。我赶紧握住电话筒，屏住呼吸。

母亲哽咽着说：“是孝啊，这老不死的要给孝喂毒啊，这使不得啊，万万不行啊，我只能杀了他，你晓得吗女儿？”

孝是我老公，老不死的，是我父亲。

我看她哭，我弯着腰趴在椅子上。

之后，母亲又说了一句话。

“我从过良。”

我也不是生来就是流浪狗

1

我出现在闹市口时，是有蝉鸣声的夏天。

蚊子聚成一团，钻进树杈缝里，鬼知道这大热天的，它们在打什么主意。我身边有条阿拉斯加犬窜过，嘴里叼一块骨头，它发福的身子显然是从栏杆处挤不过去的，我正得意这货铁定翻身滚到水中之际，一个姑娘三步并作两步跑过来，一把抱走阿拉斯加，嘴里喊着“宝宝”。

这场闹剧就此作罢。

我继续漫无边际地寻找食物和歇息之地。最近这一带频繁下雨，路面到处是水，小学门口附近的下水道遇水就堵，让人寸步难行。前几日我迈着步子，鼓起勇气打算窜到对面的包子铺。包子铺老板姓虎，是我遇到的人中心肠最好的，它会在下午收摊时扔给我一个菜包子和一堆烂菜叶。

这是无数流浪的日子中，最值得回忆的时光了。

不巧的是，我飞奔向前的一瞬间，被一辆黑色大众车撞了。

周围是戴着眼镜、撑着伞有模有样的年轻人，他们捂着嘴，喊着“红色的大众停下，快停下，你撞到一条狗咯”。那辆大众早没了影，四周围上越来越多的人，一个微胖的女人蹲在地上，拿起手机开始拍我，嘴里喊着“好惨啊”。

又来了几个男人，他们一到就开始录视频，就连我的屁股也不放过。我的一切都暴露在人群中，我开始逃避。我把脸埋在地面上，发现右腿动弹不得，我转头去看才发现，我的右腿断了，混合着黑色的血迹，一滴一滴落在泥水中。那是揪心的痛，我发出惨叫声。

看热闹的人群在下午四点基本散去，一辆辆车从我身边开过，车窗玻璃上能看到小孩子好奇的神情。都说孩子的世界是纯洁的，单从他们望着我，隔着毛玻璃朝我打招呼的情景就能感觉到。

我还是躺在那块地方，右腿渐渐没了知觉。我开始爬，作为一条狗，爬是我的尊严及想和生命做斗争的体现。曾经就在这个地方，我目睹一条泰迪被撞死的场景，它从车窗跳出，直奔马路对面，被一辆现代车撞死在马路中间。比较而言，我是幸运的，至少我活着。

2

人活着有欲望，男人想探寻女人的身体，女人想探寻男人的喜好。人的欲望越发大，也越发自私。

我是一条狗，我也有欲望。

我想活下去。我需找一个地方养伤，哪怕是每日用唾沫舔舐伤口也行。我用尽浑身力气爬到兽医院的大门口，被一只红色高跟鞋从台阶上一脚踢下来，我被踢得很痛，在台阶下发出惨叫声。我的右腿又开始流血，周围是冷漠的人群和匆忙的脚步声。

女人朝我喊：“死样，要死去别地，臭烘烘的。”

这时我才注意到，前不久在水池中洗干净的毛发已变成黑色，上面满是泥水，我的脚被泥包裹着，浑身有无数跳蚤。然而此时想其他事情显然是徒劳的，右腿的肉外翻着，越发生疼。

过来一个老人，他蹲下身子，瞅着我。

我的脑袋很晕，躺在地上失去知觉。

醒来时，面前是塑料袋遮住的一小块地方，我的身下是一堆旧衣服，肚皮底下垫着一件厚棉衣。

真蠢，如果说有人会在蝉鸣声声的夏日为你屁股底下垫厚厚的棉衣来取暖，那这人是真蠢。我打算翻身，发觉右腿的疼痛减轻了，虽然这里热得不透气，但总比让伤口直接在阳光下暴晒强。

强光透过缝隙照射进来，这时一个穿黄色马褂的男人把手中握着的扫把往地上一扔，开始摸我的头。

我认得他，是黄山路上的环卫老头，耳聋，约莫六十岁。他经常在黄山路一带扫落叶和塑料纸，下午六点多会准时蹲在黄山路垃圾池翻纸箱子，之后骑着三轮车把纸箱子倒卖给收废品的。我经常会在六点钟时与他相遇，我们像是商量好的，到了饭点，好奇心和琐碎的小碎步开始蔓延到整条街。

我为了活下去觅食，他为了吃口饱饭也觅食。人各有志，这话一点不假，肉体不同，思想却如此接近。

老人翻过我的身子，我的背挨着发热的棉衣，肚皮朝上。这个动作是大多数我的同类很反感的，我开始挣扎。他用整个胳膊肘压住我的肚皮，把绑在右腿上的布很干脆地一把扯掉，瞬间疼痛覆盖到全身，四肢发麻，但顷刻间一阵凉意袭来，周身痛快。之后，他把一块干馍放在离我下巴很近的地方，又摸几下我的头，嘴角露出慈母般的微笑。

我这才看清了他，他的嘴角有颗黑痣，嘴唇是紫色的，鼻尖处也是黑的，眼角的皱纹盖住眼皮，只留下一点缝隙看这个青天白日。他个头不高，撑死一米五，腰部有些弯曲，上半身穿一件黄色马褂，背后写着“黄山环卫”四个字，下半身穿着黑色尼龙短裤，一双紫青色的凉拖鞋。

夜晚时，我决定离开。腿勉强能走了，摇晃着靠墙歇息还是可行的，我探着身子从塑料布下出来，老人已经走开了，只有他常年相伴的扫把和一个红色保温杯。这个保温杯在夜晚显得异常与众不同，它的格调与周遭环境无法融合，就像我们的肉体和灵魂，无法融合到高楼林立的小区中是一个道理。

人活朝夕，分三六九等，畜生也是。我看过电视台对宠物狗的报道和各大平台对网红宠物的报道，它们穿上人的衣服和鞋，空洞的眼神诉说着欲求，会握手和数数。那些灵魂在肆意挥霍的同时，我看到的，除了怜悯，还是怜悯。

三六九等的畜生行业，我们，我身后千千万万只流浪狗，只能算作是九等。而电视台中出现的网红猫算什么？我想，怎么也算下九流吧。

3

那晚我还是没走成，突袭的雷雨限制了我的一切自由。塑料布旁边的三只田园犬在雨中号叫着，它们面前就像有结界，无法踏出一步来到人类的世界，一辆辆奔驰、大众从它们身边飞速驶过，同类隔着毛玻璃送给流浪狗一个傲气的眼神。

这就是区别。

我有点庆幸。

谁都不是生来就是流浪狗的。我出生在江南小区的三单元，我的母亲生下我就被送了人。养我的小姑娘在三个相同的犬类中选择了毛发最好、长相最好的犬做她的宠物，我和我的兄弟被遗弃在下巷子口的垃圾桶旁。

从那开始，我的流浪生活正式开始。

老人给我取名“黄山”，他听不到我对这名字的反抗，一直喊我“黄山咧，黄山咧”。

那之后我一直跟着老人，他在黄山区扫中上马路，每天工作时间是早晨六点到晚上九点，中午休息时老人会摇晃着驼背身子，牵着我回他的老巢，保温杯里有泡馍和咸菜，这些是他所有的家当。后来我跟着老人回过他的老家，在黄山附近的半山腰上，三间很体面的平房。他媳妇是母老虎，老人回家一天，我被挡在门外一整天没进门。老太太给出的理由很简单：嫌弃我脏。

他时不时扔给我一个干馍，要么扔给我一块骨头，我哈着气，摇摆着尾巴朝他示好。

人对人的好，人能感知到；人对畜生的好，畜生也能感知到。

老人是聋子，他约莫能懂，嘴里一直嚷着我是他的伴。

老人家境不好，好的话也不至于去当环卫工人。老人家里两个儿子都上了三十岁，却因为老太太要求高，两个儿子都是光棍。日子久了我也了解了一点消息，老人以前是镇上的支书，如果混得好，现在怎么也是正式干部，可谁曾想都被母老虎给败没了。

老人啃着干馍干起了环卫工作，补贴家用。

我跟着他整两年，从小不点长成了大型犬类，毛发旺盛，眼前的毛遮住了眼睛，以至于我现在走路经常绊倒，他对我的号叫充耳不闻。直到那天他趴着去取滚在地板上的食物，伸出长满老茧的手摸我的毛发，嘴里嚷着“得剪咧”，之后他摸到我的眼睛，手指探了半天才探到我的眼珠子。他拍着膝盖哈哈大笑，我上前蹲在他身旁，用手拍打他的膝盖，舔着他的手指示好。

我爱他，这是真的。

他用仅有的一点钱带我去了镇子上老朋友的理发店，他指着身后活跃的我，对面前站着的姑娘说：“给它洗洗，再修剪修剪毛。跟了我几年，毛发长这么长我都不晓得咧。”

姑娘刚开始还不乐意，忽悠他去宠物店清洗，老人开始耍赖，他知道宠物店的费用不是自己能负担得起的。三点多，姑娘把我放在温热的水盆中，用淋浴器浇着我的背，那是从未有过的酣畅淋漓，周身畅快，好像封闭多年的毛孔在瞬间张开。

之后我经历了修剪毛发等多个宠物狗应该享受的步骤。

等我从理发店蹦跶出来时，老人惊呆了。理发店的姑娘也惊呆地望着我说：“爷爷咧，这是金毛犬啊，你咋有这福气，愣是把金毛养成了土狗。”

他蹲在地上抚摸我干净清爽的毛发，我看到他在树荫下咧嘴笑，嘴里喊着：“黄山咧，黄山咧，你可真俊！”

我又看到他在树荫下咧嘴哭的模样。他像是珍藏一件宝贝似的对我爱不释手，那瞬间我们就像爷孙，享受了短暂的天伦之乐。

我正如理发店小妹说的那般，是一只金毛犬。金毛犬我很小的时候见过，在一家火锅店门口，它蹦跶着从台阶上窜下来和我玩耍，我还没凑近时，它就被他的主人一把拽走了。那时候我就发现，这犬真是生得好好看啊，谁曾想，我也是金毛犬。

自从老人给我理了毛发，我整个身子都显得很轻快，我奔跑在桥头的朝阳和夕阳下，老人推着小车跟在我身后，他的步伐自我变样那天开始也变得轻快了许多。三桥头的樱花开了，桃花的花瓣落在地上，随风散在四周。那是整个黄山最美的季节，也是我唯一一次走在人行道上，有人回头看我的季节。

4

人类可以选择归宿，犬类是不可以的。归宿涉及灵魂和自由，我的自由被限制的时候，是秋季落叶正多的时节。

我跟着老人穿梭在黄山区扫落叶时，被一个二十岁出头的男孩挡住了去路。他蹲在地上示意我过来，之后惊叫起来，说我真的是金毛。我以为他和我玩耍打闹，我也很配合，老人站在我旁边，傻笑着。

之后，这个男孩把怀里的纸片递给老人，面带微笑地看着我说："爷爷，您把他卖给我吧，我很喜欢金毛。"他又转身指着对面的康捷小区的六楼说："爷爷，我家就住在那，我每天看着它来来去去地玩耍，今天好不容易才鼓起勇气见它的。"他朝我打招呼，我躲在老人身后。

老人眯起眼睛，嘴角的一抹微笑消失不见："孩子，你说了那么多，我就只能看到你纸片上这些字，你这是想买我的老伴啊。"

男孩有点不懂，继续站着。

老人蹲下摸我，把我拉在怀里："黄山咧，就是我的老伴咧。"

我以为我经历了一次被卖又没卖成功的过程也算是狗生完美了。等到第一场雪落下时，老人牵着我来到了康捷小区楼下，他的咳嗽越发严重了，已经辞去环卫工作在家休息半个月了，我跟着老人回了老家。那场雪来得很晚，腊月二十才下了黄山的第一场雪。

老人等了半个多小时，才等到男孩下楼，他裹得很严实，穿一件军绿色大衣。见到老人，先是一惊，又小碎步跑到跟前，手心里呼着热气。男孩注意到老人身后的我，露出惊喜的表情。

"爷爷！您这是打算把黄山给我啦？"

他又一想，老人听不到，自己着急出门没带笔，只能干着急。

我蹭着老人的腿，这时我隐约感到了不安。

老人把牵绳给了男孩，我被老人推到男孩身后。惶恐和不安压得我喘不过气来，我想挣脱牵绳，这是限制自由和灵魂的最大障碍。我想挣脱，我知道他的举动代表了什么，他的咳嗽和越发弯曲的腰代表了什么。

老人捂着嘴咳嗽几声：“黄山给你咧，我不做环卫工人了，以后这里也很少来咧，你喜欢黄山，不会虐待它的。它可没吃过啥狗粮，跟我的时候，我就拿干馍馍喂它咧。”

男孩狂吸几下鼻子，满心欢喜，他蹲下用指头刮了几下我的鼻子，激动得想说什么，最后只是疯狂地点头。

他转身慢慢往小区门口移去，迈着小碎步，脚踩着厚厚的积雪，生怕走不稳。我跟着他走了不到七步，就被牵绳绊住前行不得。我朝他号叫，我的眼角挂着泪，我期望他回头看看我，张开双手抱抱我。最后我的所有期待都成了空想，我的反抗于事无补。他拐弯时，把手举得老高，没有转身对我挥手告别。

这一别，或许就是一生，从此天涯落幕，老生迟暮，春夏秋冬，互不干扰。

5

我不习惯吃狗粮，甚至很抗拒。

我来到新家的第一个星期只吃了男孩给我的半个饼子，之后他就不再给我饼子了。他告诉我说：“我在网上查了，金毛不能吃饼子、火腿肠这一类东西，不然会严重掉毛，毛发还变色。”

所以按照他的意思，我只能吃狗粮。

每日早晨他会出去跑步，戴着耳机。我坐在飘窗上，望着那个从不会忘记的地方。我一直希望能再次见到老人，能被他牵着走在黄山区的小道上，日子久了，这种希望便成了幻想。人往往在一件事上较真久了后，就会慢慢把希望缩小，犬类也是。很长一段日子里，我只幻想可以隔着玻璃看到老人的身影，那样我就心满意足了。

几个月后男孩牵着我去散步，夕阳映照下的黄山区格外好看，每每经过老人和我曾经待过的地方，心底就像刺猬扎那般疼痛。我在男孩面前一直强忍着思念的感觉，毕竟他待我也好，只是少了某种感情。

大半年我都未曾见到老人。我的记忆力开始慢慢衰退，犬类到了一定时间段，会忘记过去很多事情，包括很重要的人。我试图在白墙上做标记，想让标记时刻提醒我，日子久了，却连标记代表何物都忘记了。

我开始了新的生活。

偶尔做梦会回想起我的前半生，不知老人好不好。

我是在又一年的腊月见到老人的。

男孩牵着我走在腊月的街头，大红色灯笼挂得满街都是，走到哪里都能闻到骨头的香味。男孩刚逛完超市，他准许我今晚可以不吃狗粮，吃零食、鸡腿和饼干。我和他站在站牌下等公交车，对面是新建的主题酒店，酒店的大屏幕上滚动着关于春运的最新报道。

画面中出现一组镜头：

数十名身着环卫工人工作服的老人坐在干净整洁的餐厅中，摆在他们面前的是一个鸳鸯锅和几十种菜。穿着大红毛裙的主持人在镜头前微笑着开始报道：“这是本市腊月三十送给环卫工人们的年夜饭，他们不辞辛苦地为城市美化日夜劳苦，为的是你我面前的一片干净土地，他们是伟大的存在，是城市不可缺少的象征。我们今天还请来了已经退休的环卫工人，让我们听听他说什么。”

镜头一转，到了一个穿着环卫工人工作服的老人面前，他显得很紧张，嘴角干裂，还是不忘继续念着台词：“感谢政府对我们的支持，感谢各位对我们的支持，愿大家新年快乐，万事如意。”

“啊，黄山黄山，你看看这是谁！”

男孩发出激动的声音，我开始紧张，毛发颤抖，我的记忆翻滚而来。那些过去的岁月，那干裂的馍馍，老人舍不得吃一口的画面，还有他挥手告别的最后一个场景……我开始疯了一样跳蹿，趴在男孩腿上哈着粗气，眼神看向镜头定格的画面。男孩大概也懂了，他摸着我的头，说：“我陪你等。”

我们坐在站牌的休息椅上，男孩抱着我陪我等。

三小时过去，对面马路上过来一群环卫工人，他们由穿着红色工作服的女人接待出了门，站在冰冷的站牌旁，双手蜷缩在一起取暖。

我猛地坐起身，在人堆里寻找老人的身影。男孩也站起来，伸着脖子望向对面。几十秒过去了，我终于在人堆里搜索到了老人，他更瘦弱了，驼背更严重了，他就像屹立的冰雕，用力一瞧就能破碎的样子，男孩朝老人挥手，老人没有看向马路这边。

马路上的车辆很多，速度很快。我跨过栏杆准备过去，被男孩拉住，示意我等绿灯。我焦急地朝对面吼叫，我的声音淹没在车的鸣叫声中。

瞬间，老人抬头了。他似乎听到那几声吼叫了，他缓慢地抬起腰望着对面，我们眼神碰撞的瞬间，他先是一愣，又站直，接着大喊：“黄山！黄山！”

他朝我挥手，男孩也激动地挥手示意。

我们隔着马路对望，他的眼神恍惚，他的笑容让我越发安心。我开始疯了一样往前跑，挣脱男孩的束缚，那一瞬间我是自由的，我的灵魂解放了。我穿过人行道，车辆开始按喇叭，老人挥手示意我赶紧回去，可此时我早已没了退路，男孩紧跟在距离我三米远的距离，他焦急地喊我停下。

我继续前行，我看到老人把脚迈向马路，我飞奔过去，被对面开过来的奥迪车灯晃得睁不开眼睛。接着就是一声巨响，一片混乱，我眼睁睁看着老人跑向我，他被一辆电动车撞到了马路左侧，原本还能动弹，又被那辆奥迪从身后擦肩而过。

我开始反胃，老人倒在血泊中，我成了最后一个挤进人群的，和老人有关系的物种。他被环卫工人围起来，我挤进去时，他的眼睛朝向天空，嘴巴大张着，所有的一切，在瞬间戛然而止。我用爪子蹭他，他没理我，我又开始吼叫，他还没理我。我感受到缓慢抬起的手，打算摸我的动作，但这动作维持不到三秒，就失去了支撑点。

我蹭着他的手腕，开始哭泣、吼叫，这是我唯一能祭奠他的方式。周围的环卫工人开始对我拳打脚踢，男孩冲进人群把我揽在怀里，他为我挡下了所有拳脚。

老人死了。

我是凶手。

6

凶手往往都得受到惩罚，我却没有。

我依旧跟着男孩生活在康捷小区，过着以前的生活。午夜梦回时，老人的手和他的驼背出现在脑海，奇怪的是，这次我居然记得很清楚。男孩说老人的事处理得很草率，肇事司机给了老人两个儿子十万元就摆平了这件事。男孩和我说的时候，我耷拉着耳朵，把下巴搭在飘窗护栏上，望着我曾经待过的地方。

男孩叹口气，他开始安慰我：“跟你没关系的，黄山，是交通事故。”

我开始回想那个下雨的午后，我面前出现的那个人。

我从没想过，我是他的一生。

兰州的街巷不欺负歇脚的旅人

1

父亲和母亲离婚那年，我十三岁。

他们的离婚，拜我所赐。

我清楚地记得，那天体育课我肚子疼，钻进骨髓似的疼，我请了假回家。开门的刹那，一双粉红色高跟鞋摆在门口，母亲是从不穿高跟鞋的，她在黄河路开了一家拉面馆，亲自拉面，做牛骨汤，每日和汤汤水水打交道，她这一生，只知拉面和蓬灰，不知高跟鞋。

父亲的隐情就此暴露。

我想都没想，拨通了母亲的电话，说完的时候，换来的是电话那头母亲的沉默。

现在想来，那时我太小，不知权衡利弊，所以导致他们离婚。可想来离婚也好，原本凋零的家庭，不是靠凑合来维持的。

他们离婚那天，从家里闹到民政局，街坊四邻，坐在马扎上晒太阳的，遛弯的，都聚集过来，对我投来异样的目光，那目光里有同情，有可怜，有不屑。

他在民政局门口打我，一个耳光猝不及防地扇下来，他骂我是败家子，这个家都被我败了。我哭得脸都花了，母亲将我揽在怀里，她一个女人，备受岁月摧残的她早已没了刚结婚那几年的健康之色，她能做的，只是将我揽在怀里进民政局。

出来的时候，黄河像微醉的少年，河风飘荡，母亲河雕塑褪了色又补，早已没了当初的模样。

2

一条黄河、一碗拉面、一本《读者》、一座敦煌。

黄河诉说的是兰州人的情，《读者》诉说的是兰州人的品，敦煌诉说的是甘肃人的味。

而那碗拉面，诉说的，是兰州人的故事。

兰州话唤吃拉面叫："叠碗牛大走，辣椒多，三细，再加一个笨鸡蛋！"

那之前，拉面馆的生意还指望着她。每个清晨，她穿着白布衫，挽起袖子，两只手在案板上揉面。

兰州拉面做法讲究，她做的拉面与其他拉面不同，是蓬灰拉面。

二十世纪八十年代，她跟兰州拉面传人马保子学了这门老手艺，母亲说，拉面讲究"三遍水，三遍灰，九九八十一遍揉"。

其中的灰，实际上是碱，却不是普通的碱，是用戈壁滩所产的蓬草烧制出来的碱性物质，俗称"蓬灰"。

加进面里，不仅使面有了一种特殊的香味，而且拉出来的面条爽滑透黄、筋道有劲。

我小时候，母亲骑着外卖电动车，后面载着我，去送外卖，拐弯的时候就能看见黄河，透过岸边的柳树杈，风迎面吹来，胸膛里就像被装进了这万里的黄河，微醉有意，围着这座兰州城上千年。

它在每个早晨浓汤飘散的黄河路口飘过，在西关飘过，在千万里缠绵不断的黄河里飘过。

我所有对父亲的印象土崩瓦解，他走的那日，只是回头看看我，然后上了公交车。我对他的印象还停留在小学。那时他尚懂得人情，尚懂得感恩。那时他在一家电厂上班，每个周末回家，总会将母亲攒在家里的衣服洗完，第二天早晨送我上补习班。

自他走后，我记忆里的“父亲”二字也被他带走，逢亲戚说起他，只是淡淡的一句:“哦，白永军啊，不记得了。”

那之后，母亲大病一场，精神恍惚，我送她去过几次医院，大夫说没什么大问题，人上了年纪，就想忘记一些事，我能做的事就是，别去冲撞她，别去刺激她。

不久后，母亲经营的那家拉面馆因钱财紧缺，最后也被人盘走了。

拉面馆被盘走的那天，小区里的一位阿姨说：“灵儿啊，这店面靠着黄河，是个好位置，盘了怪可惜的。”

我望着这流淌千年的黄河，它养育兰州城数千年，那风，像一股味道，总能让人找到家。

白永军还算有良心，他会寄些钱过来，但是次数不多。我们就像是被冲进黄河的石子，他没事的时候打捞上来玩，一看，哦，原来我还有女儿和前妻。所以他的钱，更像是怜悯，隔一年或者半年寄一次。

我总会打发快递小哥寄回去，小哥说："没有往回返的地址啊。"我摆摆手："那就随你处置吧。"

母亲不知从哪得来的消息，那日我回家，她摔了茶杯，坐在沙发上，我上前蹲在她面前，摸着她的手。她老了，青丝别在耳朵后，眉眼间，早已没了前些年的灵动。白永军这个男人，对这女人，一生的亏欠，是他无法懂的。

母亲说："你要那个人钱，就不是我女儿。"

你看，她总把自己包裹得刀枪不入，可她怎知道，随便一丝消息都能让她不安。她太坚强，以至于害怕，她害怕失去我。

3

十八岁我高中毕业后，读了一所专科学校。

暑假时，我去了东部市场打工。

生活所迫，母亲的眼疾容不得我有丝毫玩的机会。每逢假期，我就去东部市场做商场推销员，日子过得还行。那期间，东部市场的市场经理追我，下班送我回家，有时候会在半夜送些夜宵到楼下，这种明着暗着的追求者很多，都被我挡在门外。

那时的我十八岁，不懂爱，也不懂情，我害怕沾惹不好的，就像白永军，看到那些殷勤的动作，我总会想到他，不由自主地。随着时间的推移和年龄的增长，想到的，不是对他的思念，只是多了几分恨罢了。

我也不曾想过，会在某个雨后再次遇见他。

他开一辆奥迪，停在商场门口。因为下雨，下班后的我一直站在商场门口等雨停，而后这辆车的车窗摇下来，白永军撑一把伞，下车，走到我跟前。

他说："灵儿，好久不见，我送你回去。"

我一看是白永军，多年不见，难得他还认识我。他老了，鬓角发白，也发福了，看他的穿着，近况应该不错，估计跟了个白富美，走上了人生巅峰吧。

我尴尬地一笑，假装疑惑地问他："白永军？"

"呵呵，是，是白永军。"

"不啦，我等雨停就好。"

"上车吧，想和你说点事。"

"好啊。"盛情难却，我这人就是这样。我上了车，坐在副驾驶那儿，系了安全带，全程低头玩手机，我用冷漠展示自己的不友好。

他呼吸很均匀，车子到中山桥的时候，遇到红灯，他停下，和我说话。

"灵儿，你没读大学？"

"哪有钱啊？"我还是低头玩着手机，懒得解释。

"当年给你钱，你就拿着，用来读大学啊，你看你，十八九岁，就出来打工……"

我抢来他的话茬："打工怎么了？我靠自己的双手挣钱，养活我妈，怎么了？”我的态度有点过分，说完有点后悔，所以后来一直没说话。

他不再说话，继续开着车，我们就这样，如同陌生人，他在左，我在右，有的只是冷漠和陌生。当年的父女情，早已消失不见。

车子到小区路口的时候，雨停了。我下车的时候，扔给他十块钱，穿过马路，上了楼。

钱落到车座上的时候，我深觉这些年他出现在我梦中时，无爱，只有恨。

身后的黄河，被雨水冲刷得格外干净，我想，我是喜欢这座城市的。

4

我读大二时，母亲去世了。

她的眼疾厉害，精神状况不稳定，在大二那年的九月，安详离世。

走的时候，她拉着我的手，精神状态好像有所转变，我看到她眼角挂泪，欲言又止很多次，最后说：“灵儿，去找他吧，让他管了你的以后。”

“好，我去。”

她听完安静地闭上了双眼，我的母亲，在那日离世，那天，我未流一滴泪。三天后，我看着她入殓，收棺，我看着她盖棺那瞬间，心脏好像麻痹了，短暂的心疼，我捂着胸口蹲在她旁边，望着那张平和安静的脸，哭了。

那是我的母亲，小学时，总爱偷偷塞给我很多好吃的。总爱放学后到校门口接我。小学时，偷拿她五块钱，她打我。每个早晨，她在案板上熟练地做拉面，面筋在她手里随意扯拉，宽的、细的、毛细的都摆在案板上。

这样温暖的女人，这世间没有了。

我想，这世间，再没如此温暖之人吧。

母亲去世后，我的三年大学靠着助学贷款和奖学金撑下来，寒暑假打工，总算是熬到毕业。这期间，白永军找过我很多次，给我钱，都被我拒绝了。我没能完成答应母亲的遗愿去找他，每每这个男人出现在我面前，我的灵魂就像抽筋，就像被曝光，我的恨，一直支撑着我的坚强。

5

二十四岁那年，我因加班过度，昏倒在办公室，同事送我去医院，醒来的时候，面前站着的医生和我这样讲："你的家属是谁，需要通知他来一趟。"

我慌了，什么病，还需要通知家属？那时候，我的脑海只有一个人的名字：白永军。

我拨通了他的电话："我得了病，在医院，可能活不了多久了，你要有时间的话就来，没时间的话就算了。"

他吓了一跳，不到半小时，他出现在我病床前，依旧是什么话都不说。我把脸转过去，冷漠地说："我估计快死了，喊你来，怕是尽些父亲的义务。"说完，眼泪滚落，我还是害怕离别，害怕离开这个世界。

他还是一脸冷漠，不说话。他问医生：“什么病？”医生说：“只是个小手术，胆结石，需要家属签字。”

我胃不好，再加上做手术，昏迷两天，醒来的时候，白永军趴在我旁边，抱着我的脚，满脸血丝。我突然不知道说什么，有些尴尬，他看起来疲劳不堪，好像几夜未睡的样子。我在想，这还是那个英姿焕发的男人吗？我的眼泪被我挤回去，在他面前，我始终是要面子的。

我问他：“你为什么抱着我的脚？”

“我怕你醒了我不知道啊。”

我突然就哭了。他的眼泪在眼眶打转，打趣地说：“醒了就好，醒了就好，这下就好了。”

护士说，我有一个好父亲，我昏迷期间，他给我端屎端尿，还请教病房里的病人，拉面怎么做，他要做给我吃。

这话，就像黄河的水，日日夜夜，在我脑海中不停地回荡。

出院时，他帮我收拾东西，递给我一包速干面，还有几包宁夏棉花糖，棉花糖旁边放着一张银行卡，他将这些东西，从桌上转移到我床上，说：“你小时候就爱吃这些，现在也不容易买到了，拿着吧。”

半天，我说：“你错了，我小时候爱吃妈妈做的拉面。”

我只拿了那几包棉花糖，那张银行卡，我塞在他口袋里：“谢谢这几日的照顾。”

其实，我是后悔的，曾经我也后悔过，后悔过我自以为是的自尊，我的不服输，我的坚强，就像我的母亲。

爱面子，大概就是如此吧。

6

我原本以为，我的骄傲可以一直持续下去。

多年后的一天，我接到一个电话，是个女的，她说："白永军中风，住院了。"

这个女的，大概就是粉红色高跟鞋的女主人吧。

我挂了电话，去了医院，看到他的那一瞬，我后悔了。我从没如此哭过，包括母亲去世时，或许是她的眼疾持续时间过长，以至于我的关心和爱慢慢地随着时间的流逝而消磨殆尽。

我一直恨不得他死，很长一段时间的梦里，都是如此。

我守了他几天几夜，他一直昏迷着。

那几天，我不敢去想多余的，不敢去想小时候，每每想到，情绪就控制不住。我看着他昏迷在那，什么也不知道，我看着他反复折磨自己，他夜晚闷哼地发声……我很心疼。我看着他，是挺不过来了。

夜晚的时候，他的身体疼得厉害，我翻过他，拿了毛巾，用热水烫热，去擦他的背，他的背有些弯曲，背后是生活磨损的痕迹。那些常人嘴里说出的暴富之人，大概就是他吧，暴富之人，受过的罪，吃过的苦，又怎是我们所能想到的。

两天后，他可以进食了，也能喝水了，但是不能喝太烫的。

后来，他的命算是保住了，人也清醒过来了。

可一直痴傻，手脚不能动，只会傻乐。

我陪他的第五天，他单位来了人看他，他坐在床上傻笑着，指着摆在对面病床的那碗面，傻笑着说："灵儿吃，灵儿吃，灵儿最爱吃拉面了。"

那一瞬间，所有的人都惊呆了。

他只记得我的名字！

我再也没绷住，一下抱住他庞大的身体，嘴里喊着"爸爸"。

树欲静而风不止，子欲孝而亲不待。

时间会摆平所有的恨，让爱留在有生之年。

西北的街巷不欺负歇脚的旅人，
扎着马尾的姑娘，憨厚老实的男人。
西北的性子不习惯娇嫩的路人，
抽着水烟的老头，朴实当家的小孩。
当你站在西关，一言不发。
当你走在东岗，莫名忧伤。
这座城市你想象不到，
写上一句，亲爱的，亲爱的你。

邓记杂碎

1

西北的老邓头，今天整六十岁，这岁数的人，日子该是咋过的呢？

老邓头姓邓，名如来。

一间瓦房，无妻无子。

在这镇子方圆几里，这名啊，真是被叫邪性了。谁家生了娃，就在炕头放着，老邓头拿了蒲扇，一扇，就算是给这娃还了灵，镇里的人都叫，如来还灵了。逢着街坊邻里，都喊他“如来”。

老邓头听了心里美啊，酸爽到家了。

老邓头耳不聋，眼不花，他的饭桌，永远离不了大红干辣椒、蒜，还有那碗杂碎。

那是一碗肉类的、杂烩类的东西，就像西北的面糊糊。南方人见着，总会退避三舍，可在老邓头这，那就是他心尖尖上的宝贝。

老邓头爱杂碎，在镇子上是出了名的。

杂碎是啥？咋做？

我爷总说：“杂碎对老邓头而言，岂止是碗能喂进嘴、填饱肚子的俗物？那里面的汤汤水水，肉末零碎，绿的香菜，红的辣椒，那红通通的汤底，对老邓头而言，都是心爱之物。”

老邓头一口下肚的杂碎，总是出奇的烫，搁在地上，能见着烟的那种烫。旁人就问他：“这么烫，可咋吃？”

他用胳膊抹掉嘴角的油，吱溜吱溜吸进去，然后看汤底，说：“兄弟，能忍受的疼痛都不叫痛。”

老邓头说，这话茬，让他的故事跳出一个新高度，二十世纪七十年代，如同那碗杂碎，红青分白，格外清晰。

2

西北的平洛镇。

一到夜晚，就撒了泼似的热闹，为啥热闹？看戏呗，还是木偶戏。

老邓头是木偶戏里拉线的，我爷是喊唱的。

家国的动荡和不安，这些平民老百姓懂啥？他们只懂得脚底抹油，没事填饱肚子，玉米面馍馍换成了白面馒头，就跟着了魔似的好。

七十年代初，这镇子并没有啥好气象。从南方赶来的三五个知青，到了平洛镇，本是顶着支援家乡建设的帽子，却奈何被耍木偶的三五夜折腾，活生生被弄成了卖艺的。

镇子上的壮汉，双手托举木偶，拉了三条线，就甩给了这些小知青，他们也觉得好玩，在那舞刀弄枪的。我爷说，那群知青里混着一个女娃，虽是男儿装，戴顶黑帽，可身材娇小，皮肤白净，奶声奶气的，一听就是个女娃。

老邓头说她跟着我爷学木偶戏。他听得我爷讲，那是女娃，手都摆欢了，摇着头说："不像不像，一看就是男娃的模样。"

日子久了，这女娃还是和一般男娃无二，长得秀气，灵巧，老邓头他们就亲切地唤她"小秀气"，她也喜欢这名，逢人喊她，就笑。

小秀气大名为何鸟鸟，我纠正说："错啦，是袅，何袅袅。"

老邓头犟啊，我找来纸笔，摊开，写上"竹竿何袅袅，鱼尾何簁簁"这几个字，老邓头才恍然大悟，又说："那她肯定还有个妹子叫何簁簁。"

何袅袅来到西北时，还适应不了这里的气候，那段日子总是口发干，舌尖起泡，她学木偶戏倒是机灵得很，举起那木偶，足足三尺，这娇小的身子，大力一挥，袖带飞舞，每每舞出，必是一番美舞，灵动乍然，好看得很，木偶戏班头就说："以后啊，凡是舞，都让秀气袅袅来举。"

老邓头说，他那时傻啊，没眼力见儿，一直以为这袅袅是个男娃，那穿着那打扮，可看她走路的姿势，玩木偶的模样，又让他有种迷离的错觉。乍一个瞬间，像个女娃。

何袅袅初玩木偶时，老是举不动这木偶，总会扛了肩，再往上举，这一举，险些一屁股坐在地上。老邓头那时只二十岁出头，他正端着狗盆在旁边喂狗，一看这架势，一个没忍住，撒了狗食，大喝一声："你这城里娃，长得小身板，一点没我们这农村大汉结实，赶明，哥教你些功夫，来练练你这身板。"

何袅袅蹲在地上，望着老邓头，眯起眼就笑。

3

老邓头的练身板，不是打武松，也不是练耐打，而是在大日头底下，扛着镢头，领着这群城里的知青，下地干活。那时国内的省城，基本上已经包产到户，可这西北，烟卷摆摊，甚是懒散，还是大锅饭的旧体制。

西北的日头是真晒，大黄山的草啊、树啊都成了精，一脚踩进去，就陷进这土里，死活拔不出腿。这可难倒了这帮知青，跟在老邓头后面，犹犹豫豫的，不知以怎样的姿势去下地。

何袅袅第一次下地，感觉格外的新鲜，她倒没有其他知青的羞涩和不安，一脚下地，就忍不住大笑，只觉这泥土传上来的知觉，攻占了整个灵魂。

老邓头见这情景，大笑一声，指着身后的知青喊："看人家，这魄力，你们是赶不上了，这小身板，还结实得很，哈哈。"

剩下的知青见状，也纷纷下了地，跟在何袅袅身后，走了几步，就举起镢头准备挖，这一挖不要紧，倒是镢头一倒，把这泥，都挖到了老邓头嘴里。老邓头睁开眼睛，就看见何袅袅蹲在地头笑，和其他知青一般无二，他恍惚摇头，不对啊，为何她笑，也同别人不一样。

那之后，何袅袅就爱上了下地。日落时，何袅袅就跟在老邓头屁股后面，穿一件灰衬衫，戴一顶帽子，老邓头扛两把镢头，何袅袅背一个背篓，就翻了山，踏过那成精的草堆，到了大黄山，老邓头告诉何袅袅，下地能养性，结果她就信了。

原本不咋说话的人，下了地，倒是话很多，何袅袅同他讲，自己家本是省城开酒馆的，家传的酿酒法子，无奈被市井小人偷师学艺，弄得整条街都成了酒馆子。生存本领受到挑战，她哥去了部队，她就跟着市里的人插队，正好来看看这西北，吹吹风，学门手艺。

老邓头对何袅袅说：“这就对了，这西北的风养人，吹几年，就真的结实了。”

4

西北话里的“杂碎”，基本就是“杂烩”的意思。

那是夏季，蝉子声吵得震耳朵，夜间的平洛镇搭了戏台，长桌子一摆，热锅烤好的窝头，再配一碗面糊糊，就算是一顿饭了。老邓头端着这碗面糊糊，挤在听戏的人堆里，屁股挨着长凳子，就坐了下来。抬头就能看到木偶人物举在空中，这戏台简陋，都是图个热闹罢了。

老邓头说，当年我爹凭他的小身板，举着那木偶玩耍，靠着戏子的才艺赢得了美丽姑娘的芳心，这才有了我。

老邓头又强调：“要不是老子，你爹指不定还不能成功呢。”

我说：“知道知道，继续讲呗。”

老邓头说那晚何袅袅没举木偶，而是改成了唱戏的，她那晚唱白蛇，靠着木偶师傅，就开唱。

“食叶女修炼千年，本以为思凡把山下，那世间任何状况都可以不为所动，不想风雨途中邂逅翩翩少年郎，竟也情窦初开，平地起了波浪。”说来也怪，那时候，戏台底下站着的都是汉子，可真没个女的，可这娇滴滴又勾魂的声，是从哪发出的呢？

老邓头坐在板凳上，上下一琢磨，不对。他索性上了前，推开那门，站在戏台背后，这一看不要紧，自己倒是跌了一跤，半张着嘴，老半天，蹦出这么一句话：

“我的娘哎，这是个女娃啊。”

老邓头当着众人面，尴尬的动作，迎来一阵大笑，有人起哄：“嘿，老邓，这是货真价实的女娃啊，亏你那眼睛，一直以为人家是男娃，这下遭罪了不是？”

台下的何袅袅一听，憋红了脸，却也没说啥。老邓头尴尬地挠头，从地上爬起来，取笑自己说：“哎哟，眼拙了眼拙了，愣把姑娘当小伙了。”

5

老邓头说，他们家祖传的不是木偶活，而是那杂碎。其实这我是知道的，邓记杂碎，在这平洛镇，甚至整个县城都是出了名的，店铺子招牌，不管谁家的，底下都得挂上一个“邓”字，问出处，说是有面子。

老邓头家中正屋中堂上摆着一个牌位，上面写的啥字我不认得，只听他说，是杂碎的老传人。

老邓头说，这杂碎的做法，只传给了何袅袅。

他还说，祖上规定，传男不传女，他是坏了规矩的第一人。

这杂碎讲究，乍一听是骂人的，其实是西北当地的一种吃食，现在的杂碎，和以往那个动荡不安年代的杂碎不同。

没肉，没排骨，有的就是一碗面糊糊，配大红辣椒和蒜。这不算正宗杂碎，老邓头家传的杂碎，是每年腊月，杀猪宰羊时，才能做的杂碎。有牛肠、羊肠和猪肠，最重要的是那汤，熬时要加米酒，再配香料，这法子，是独家的。

城里来的何袅袅，无缘无故，为何她学了这活？

这要从那年腊月，老邓头下山时说起。

四十多年前的腊月，老邓头赶了一头毛驴，拉了一辆架子车，车上放一些酒和高粱，他打算去山下换些羊，以备过年。与以往不同的是，架子车上还坐着一个姑娘，何袅袅。

那是正逢《中原镖局》上映的日子，老邓头还打算载着何袅袅，下了山，换了羊，再翻过一座山，去城里看场电影。

何袅袅在路上问他："你知道《中原镖局》吗？"

老邓头摇头，说："我只知高粱和面糊糊，不知道那些洋玩意，和你们城里人没法比。"

何袅袅赶紧说："哥和镇上那些人不同，你是没读过啥书，可是说的话在理，让人爱听。"

他一听，那心就像上撒了欢那般快活。

刚走到山头，他正得意之际，听闻身后一阵蹄子声，震得地都差点裂了。他想不对啊，这年头，山里的土匪都在关中一带，这西北的匪事，早就没了，按理说，不应该遇到匪。

心里本打算消了这念头，透着一点微光，他盯着远方瞅，换来一句：

“妈呀，臬臬，快下车，野狗来了！”

何臬臬的骨头瞬间像断裂一般，跳下车，躲在他身后。乍然之际，她回头去看那群冲击而来的野兽，混在黑夜里，如同饿狼般咄咄逼来，老邓头一把抓住她的手，捏住，告诉她：“待着，不准动！”然后转身踢了脚下一堆土，捡起一根木棍，捏在手心里，跳过坑，用柴架将何臬臬藏好，何臬臬抓住他的胳膊，死命地摇头，他还是站了上去，拿着棍子，像一个英雄。

西北的水不养娇柔的汉子，他知道那群靠嗅觉生存的生物，不和人决斗是不罢休的。

何臬臬两腿发软，动弹不得，她一个女娃，哪见过这种场面，自然是大气不敢出，想寻求一个突破口，可看周围，不知该如何解决。

6

这是他生平第一见这种生物。可偏偏是三只野狗，听到这我想笑，不过是野狗，能有多凶残？

老邓头摇头，此狗非彼狗，这是鬣狗，可那时不知，只知是野狗，那个年代，那狗类闹得那一带不得安宁，它和狼的区别，就是号叫声不一样。

只见三只野狗从远处奔来，它们后肢较前肢短弱，躯体较短，肩高而臀低。颈后的背中线有长鬣毛，牙齿大，是否粗壮看不清。

他不知哪来的勇气与这种生物对峙，他先是对着这无边的黑夜大喝一声，然后对着这生物大喝一声，手拿棍子，前脚跨出，后脚一摆，他用尽了平生最大的力气。

老邓头正思考，如何去绞杀，可思考之际，这生物哪能给他机会，其中一条扑上来，刹那间，棍子被怪力所推，他被猛扑的惯性力扑倒在地上，钩骨的骨头都碎了，他也害怕，趴在地上向后退，恍惚间摸到土里一把坚硬之物，掏出一看，是一把刀，这下好了。他拿了刀上前，画面形成单打独斗式。

老邓头灵敏地一闪，到这生物脚下，一把刀当即插到这生物脚下，它因疼痛倒下。分秒之内，他用手掰开它的嘴，一刀插进去，血顺着喉咙流出，这生物，呼吸尽消。

这下，其他两条怒了。第一条死亡，剩余的一看，怒气冲天，张着口，露着牙，飞扑上前。显然之前那招已不奏效，老邓头找准位置，本想再来一刀，可前面一条，身后一条，只朝那腿而来，“啊”，他发出害怕的一声叫，迅速闪过腿，可还是难逃这一围攻，脚踝处，已是一片血迹。

千钧一发之际，何袅袅从柴架里跳出来，她两腿发抖，可她躲不住，她目睹了面前的英雄，为了保护她，用命拼搏，她只知要上前，要去救。

其中一条见状，朝何袅袅狂扑而来。“不！”老邓头顾不得脚踝的痛，他深知这走兽无论如何是不会罢休的，它的猛扑，会伤了她，哪怕是一条胳膊，或是一条腿，都会让他的灵魂皲裂而死。

它们不会权衡利弊，它们的獠牙，是恶魔的化身。

他顺着它飞奔而去，像斩杀第一匹那般的姿势而去！这生物一个猛扑倒地，落了个空，这是老邓头所预料到的动作。

电光火石间，那利爪要伸向何袅袅的千钧一发之际，这男人迅速伸出一条腿，塞在猎物嘴里，他用尽浑身之力，将那把刀，刺向它身体。

它的嘴里，流淌着鲜血，那血，湿透了他的整条腿，以及整个胸膛，何袅袅抱着他，猛烈摇晃。他努力撑着身体，余光看到剩下的一条扭头离去，才闭上眼睛。

一切结束之时，四周黑暗。那夜里的哭声、喊声、风声，他已听不到。

7

在西北，人断了腿，死了是不能入族谱的，成了没人管的瘸子。

这是西北脾性，源于人类内心深处最原始的保护主义意识，老邓头说，他知道自己生存不下去，或许饿死，或许冻死。可那晚，他心里没多想其他的，他只记得，柴架里有个女娃，要他来保护。

老邓头说，可这女娃说啊，她要照顾我后半辈子，她跟我过。

他说，他的腿断了不久，何袅袅就不顾镇里人的眼光，搬了家，住在他屋隔壁，门口挂着大红铜艺锁，绾起自己的发，换了衣，双手泡在水盆里，翻过他的背，脱掉他的衣，擦他的身。

他没说一句话，何袅袅也没说，他的泪啊，洒在炕头，藏在那枕头上木棉花的花蕊里。

他教她做杂碎，在腊月里，门口总挤着一堆人，来买杂碎，大碗的，中碗的，生意还行。何袅袅用这钱，索性开了馆子，专门卖杂碎，招牌是“邓记杂碎”。

挣了钱，她就把在炕头上的老邓头拉在架子车上，上省城，进医院，看了一年又一年，老邓头都说没希望的时候，医院说，支付一笔钱，这半截假腿，就能安上，虽不灵活，可是也能将就着用。

何袅袅就每日每日地忙活，挣钱，直到知青返乡，一纸返乡调配令，放在老邓头的炕上，他抽口旱烟，用锤头砸打一番，无奈地摇摇头，再看看坐在炕头的何袅袅，半天，憋出一句话：

“袅袅，这调配令也来了，你看其他人都回去了，你也回吧。”

何袅袅不说话，低头弄手里的东西。

老邓头又说：“其实，你待我这样，这么些年，也算还清了，其实，当初救你，就没想让你报答我啊。”

他知道自己不会说台面上的话，便再没说。

何袅袅弄了老半天，抬头说：“哥，这些年，我习惯了，你要我回，我就回。只要啊，这假腿能安上。”

“不不不，你回，为了你的前途，我这腿，过半把个日子，让人做个拐，就能下地走路了啊，那什么假腿，要它干啥。”

老邓头说，那是那些年，他第一次见何袅袅哭，梨花带雨地哭。那凶残的某夜里，都未曾见这姑娘这么哭过。

他说，或许当时的她，心里早已万念俱灰。她人好，总盼着他能说点好的，她爱听的，可她等了那么多年，终究没盼来一句她中意的。

第二天早晨，三五个知青，背了包，踏上返乡路。这里面，有何袅袅，她望了望那虚掩的门，良久，留下一滴泪，离开了这西北。

老邓头，趴着身，那泪啊，又一次钻进枕头上的木棉花花蕊里。

8

这就是何袅袅和西北的故事。

我问他：“那之后，你再没见过何袅袅吗？”

“你傻啊，我和她隔着无数座山，无数条河，山不便爬，河不便过，她一走，就是一生，她无奈的一生，也是我无奈的一生。”

“她带走了杂碎手艺，在县城开了馆子，可她，还是记得西北大山后的我，隔一年，捎回一笔钱，只一笔钱，再无其他任何口信。我也曾想从捎钱人口中听她的只言片语，可奈何，一句也没有。何袅袅啊，就像这西北的风，吹了我数十年，吹得我安心，舒坦。”

他又说，那些年，他知道，捎回钱，就知道何袅袅的日子过得好，只要好，比啥都强。

9

一九九八年，中国长江及淮河发生大洪水。

老邓头拄着拐，搭着班车，去了省城，将这几年卖杂碎攒的钱，捐了一些。省城的领导拉着他的手，叫他活菩萨。他打趣地说：“我不叫菩萨，叫如来。”

这期间，上来一个少年，十几岁模样，他喊了老邓头，拉他去了好远，隔着马路，坐在凳子上，这少年从怀里掏出一个本子，用手帕包着。

老邓头打开，双手颤抖，他面色发黑，拐杖也丢在一边，落在地上，地面上铺着一层树叶。那本子上写着：邓记杂碎。

少年说："这我奶奶离世时留的，她说世间这东西，缘来缘去，是谁的，就还谁。"

他离开省城时，天空飘着雨，一滴两滴，落在地板上，那本子，被手帕包着，塞在口袋里。

数年前的西北，冷风吹得门扇打战，他将那本子，递给娇小的何袅袅，这本子带着他西北汉子的爽快和期待，大抵对她而言，那本子价值连城。

她捧在手上，说："这真是连城之璧。"

他补上一句："和你一样。"

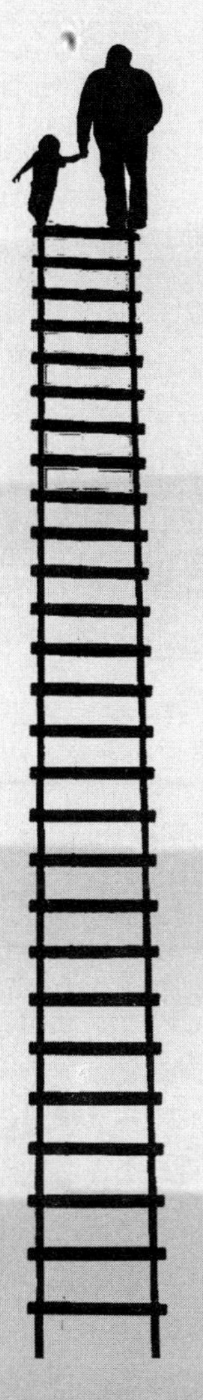

平地起风：冷风下的手艺人

中国在这个年代为保护非物质文化遗产，那些小人物为皮影和白马文化所做的，那些不朽的灵魂，但愿他们，能刮起西北的风，但愿这平地，有灵魂、有炙热、有燃烧。

未完成的皮影

皮影，又唤“影子戏”，兽皮纸板做剪影，配灯用隔布，东喊西唱，开演。唱罢白蛇讲青蛇，唱罢悟空讲如来，民间流传的傀儡戏之一。一方乐器，曲调霸流，讲述故事，道人情冷暖。

一唱就是七十年代的窑，开了花。

皮影始于战国，兴于汉朝，流传至今，已有千年。

我家在六七十年代，就是陕西一带皮影大家，传人是我三爷，单长生。

长生可畏，后生有继，这名字不禁让人叫绝。三爷吃饭不嚼，讲话不含糊，炕头的八仙桌总是收拾得整齐有序。大蒜疙瘩、细丝木盒烟、大红干辣椒，吃饭时样样不可少。城里能数上数的小区没几个，可唯独在小区楼上盘炕的，就算丰谷华府的我家了。

大东北干柴架起的炕，落入我家。后经我爹修整，炕中间的土石板换成了青石棉，可用炉子生火散热。原理我不懂，只知美了三爷。他可盘腿坐在炕头，吃着干辣椒下糨糊面，卷大烟袋子喝黄酒，不亦乐乎。闲来无事捯饬电脑，我告诉他那是用来上网撩妹的，三爷不懂。

三爷今年七十八，耳不聋，眼不花，说话不含糊。总是于太阳落山之时讲六十年代，讲“文革”，讲改革的春风吹满地，如何铁骨铮铮，如何扛着改革的春风大步走，唯独不讲挂于西墙左上角的皮影。

未完成的皮影，白蛇还敞着肚子，青蛇悬于空，许仙本该在雷峰塔外，雷峰塔却倒了。戏上说，西湖水干，雷峰塔倒，白蛇方可出塔。可这张皮影，不这么讲。

后来，三爷耐不住我妹妹的软磨硬泡，这才喊我踩着桌，取下西墙上那张皮影。三爷拿着它，抖抖灰，清晰可见的皮影如丝绸遮掩的琵琶微微露头，不得不叫绝喊好。暗黑色的皮影之上，细看头发青丝可见，色彩斑斓，动作凌空，甚是美。妹妹嚷着给她把玩，三爷像宝贝疙瘩似的一把护住，嘴里喊着别动它。

我使眼色让妹妹别打岔，缠着三爷，讲皮影。

三爷说，这皮影，是锦瑟姑娘的。

三爷抖抖烟卷，拿着湿巾一点点细心地擦着皮影上的灰尘，那皮影，像朵蔷薇花，在三爷手中散开。就像把尘封在皮影兴起七十年代的中国以及那朵清槐木的锦瑟引入人间。

七十年代初，陕西华县大窑村。

热炕的锅儿撒了欢，大锅被干柴烧得通红，满天的大雪。布衫碎了都不晓得冷，为啥啊？我和妹妹摇头，三爷说："瓜娃子，要看皮影戏，看悟空，冷算个球。"

"一愿郎君千岁，二愿妾身常健，三愿如同梁上燕，岁岁长相见。"这是皮影戏班子在大窑村唱的第四场《春日宴》。说来也怪，三爷说，那时候七八尺的汉子都爱看悟空，可自从霍师傅破例收了三五个女徒弟，这种柔情调调一出来，磨得人心儿都碎了。七八尺的汉子坐在板凳上，望着隔布下唱曲的姑娘们憨笑，三爷说，那隔久，一直都在唱《春日宴》。

霍师傅名霍元贞，和清朝末年的英雄就差一个字，名差一字，气质可不差分毫。霍师傅徒弟七八十人，统一叫霍家班。戏班子在大窑村首街，青砖立瓦一槐树，槐树背后霍家班。

我三爷就是霍家班老八，年方二十有二。三爷说，他是被他娘拿着烧火棍赶去霍家班的，男娃没手艺，长大穷断腿。

大窑村唱的皮影叫碗碗腔皮影戏，是从霍师傅手里传下来最古老的汉代民间艺术伴奏乐器。很有特性，细腻幽雅，婉转缠绵，表现形式丰富多彩。皮影造型优美，人物个性特征明显，选料考究，制作精细。

三爷说他那时候懂个啥，都是咬文嚼字的洋玩意。他就站在戏班子大院，眼望墙，青砖瓦片，心里寻思，何时才能翻过那墙，飞出去。

妹妹打岔："爷，那你是咋飞出去的？"

三爷望着捏在手里的旧皮影说，他还没飞出去，锦瑟就飞进来了。

挨过最冷的正月，一到晚上，又得开唱。只是少了磨得人心儿碎了的《春日宴》。姑娘们挨不过霍师傅的严厉，都拐着曲地回了，没个敢唱的。

三爷说，霍师傅急了，背着包，赶马车，拿好盘缠，奔着朝东边的甘肃寻人去了。

戏班子挨到三月，霍师傅回来，屁股后面跟着个女娃。脸宛圆月，眼似梨花，唇不点而红，眉不画而翠，真是美到了心坎里。三爷讲，那女娃就是锦瑟，城里来的姑娘，怀里还抱着一本书，叫《华经》。我纠正三爷说那是《华严经》："涉路而去，当愿众生，履净法界，心无障碍。"

妹妹拍着桌子喊:“你们俩跑题了！”

戏班子的人都以为，锦瑟是来唱《春日宴》的，可谁曾想，她是个哑巴，能听见声，喊不出话。

霍师傅刚把这话喊出来，底下就炸开了锅:那哪行啊，唱皮影这行，嗓门贼亮，不结巴，刚劲有力，字字句句都得喊出男人之气魄和女子之柔媚。这行的忌讳就是哑巴进门，晦气。就像女子上桌吃饭，那是大不敬的。可谁曾想，霍师傅不远万里，竟招了一晦气进班子。

霍师傅面对七八十张嘴说:“老子喊她来戏班子不是唱的，老子喊她是来制作皮影的，你们这帮没见识的完蛋玩意！”霍师傅指着三爷喊:“老八，以后锦瑟跟着你，人家可是城里来的姑娘，和你们这帮野蛮人不一样，给老子好生照料人和那双手！”

锦瑟自那就跟着我三爷，三爷说他第一次见锦瑟，差点尿裤子。他说那是他二十多年来第一次见到皮肤如此白净之女子，穿着一双青紫色的布鞋，活脱脱的“锦瑟无端五十弦，一弦一柱思华年”啊。

锦瑟手巧，还识字。

戏班子其他人认为她晦气，没人接触她。数来数去她就只认识我三爷，和三爷处久了也熟络了，三爷说他在锦瑟面前就紧张得发抖，往后才好点。锦瑟跟着他，他就介绍戏班子，大门口是接班子用的，有时会摆上香炉拜拜关老爷，二门和后门由陈妈看着，一般就是出唱时走的，院子里是青灰粉，走路得小心。锦瑟不安分，总是调皮地跳来跳去逗我三爷。

三爷就问她:“喂，你能听见我说的话吧？”

锦瑟点点头，眸子里满是欢喜。

三爷想，她还是喜欢这个地方的。三爷说锦瑟特不安分，别看她是哑巴，爬梯子上房抓老鼠倒是勤快得不得了，日子久了，逗逗其他小徒弟，渐渐锦瑟晦气这种说法也就不见了，班子里的人都挺待见这姑娘。

一个月后，霍师傅从城里买来一堆洋玩意，有茂、皮、刀具、刷子，还有些他也没见过的玩意。这些东西都是给锦瑟买的。

说来也怪，不安分的锦瑟，坐在院子里捯饬皮影的时候，就像画里的美人，认真安稳。

翠眉宫祥，远处小楼，远不及她的眉目温柔。

三爷看不懂，锦瑟拿着小毛笔写出来，递给三爷。

纸微微展开，一整齐娟秀的字迹就在三爷脑海跳跃。

“皮影工序可分选皮、制皮、画稿、过稿、镂刻、敷彩、发汗熨平、缀、结合等步骤。吸取汉代帛画、画像石、画像砖和唐宋寺院壁画之手法与风格。一般选用六岁左右的秦川黄牛皮。”

落笔处是：长生启。

三爷说，就那三个字，长生启，让他要一生对这姑娘好。

锦瑟教村里娃识字，把那些在城里听过的故事写下来让三爷念给娃们听。大通透白雪的陕西，手蜷在大棉袄里也不见得有热和劲，三爷怀里抱着一本让霍师傅从城里带回来的哑语书，有模有样地学，指头比画着。

一月有余，出戏回来。他就教锦瑟，教了半宿，这姑娘就学会了。

三爷就纳闷，他学了一月有余的宝贝，锦瑟半宿就学会了。

窗户纸被吹得沙沙响的夜晚，瓦片冻得发骨疼。锦瑟给三爷比画着：长生的手语真好，最后锦瑟在三爷手心里画了一个心。

三爷那晚，整夜未眠。

山川青岚，微云探翠。锦瑟像熟悉这里黄昏夜行的侠客般，也有腰间佩的河海水。

“你有没有遇见过一个英雄？”三爷问锦瑟。

锦瑟傻笑着看他，三爷也傻想，她在说什么呢？

我想，若锦瑟会喊话，她定这般回三爷：

“我有，他眼中尽是烈空之色，如藏万顷破碎的荒壤。”

“他叫长生。”

“他箍发瀑冠，横刺一支缨木盒，往山里去。”

“像一个英雄。”

一清二白，素不沾雅。皮影也有灵性，你若对它好，它定好。皮影人要手指灵活，五旋路转，常常玩得观众眼花缭乱才算功夫深。

三爷现在哪顾得上这些，他跪在霍师傅门口，说：“我要娶锦瑟。”

霍师傅不言，锦瑟先是使劲摇头不同意。

三爷一个劲地问：“为啥？为啥？”

待晚上，霍师傅叫被霜打了的三爷到大堂，才娓娓道来锦瑟的故事。

锦瑟生在大西北甘肃一大户人家，家里世代都是皮影人。

闹战争那几年不景气，日本人三天两头打，谁还看皮影？逃命都还来不及。锦瑟的爷爷背着祖传的皮影避着日本人的步伐带着锦瑟她爹满世界逃难，逃难时生了锦瑟，因碰日本鬼子拿大炮轰，襁褓里的婴儿，被吓得成了哑巴。说来也是命苦，日本人抓着锦瑟爷爷和她爹去了日本宪兵分队，枪架脖子上让演皮影戏。爷爷无法，上演了一场真正的孙悟空大闹天宫，闹得宪兵分队死了五人，锦瑟爷爷和她爹，也死了。

锦瑟的哥哥带着锦瑟和仅存的皮影回到甘肃。战争结束后，锦瑟开始学制作皮影，她手巧，制作出的皮影栩栩如生，英气逼人。

锦瑟说过，要等皮影的盛世，满城空唱皮影的那天到来。

三爷说，自那开始，再没说过娶锦瑟这种话。

锦瑟就跟着他，满城地唱啊，走啊，直到赶上“文革”那几年。

“文革”那几年，戏班子散了，人也跑了。整个戏班子，就剩霍师傅、锦瑟，还有三爷。

霍师傅决定还是烧毁那些皮影，免得到时候落一个资本主义的帽子。而锦瑟不愿意，她抱着霍师傅的腿，让霍师傅把那些皮影都给她。

家国都那样了，保命要紧。霍师傅把家当都给了锦瑟，他两手空空地离开了大窑村，说要做一个老老实实的贫下中农。

三爷就陪着锦瑟，陪着她逃红卫兵，偷偷做皮影，可是还是没能逃过红卫兵的眼睛。

三爷讲，他记得很清楚，那是夏天最热的时候。半夜十二点，红卫兵冲破大门进来，扫了屋子，把皮影全部烧毁，锦瑟拉着红卫兵衣角，瑟瑟发抖，满眼都是委屈。她想告诉他们不要，不要烧。三爷说得嘴角颤抖，我就想，一个姑娘，哪来那般精气神。果然，那是我们无法碰触的时代和灵魂，最后锦瑟趴在一地灰尘里哭红了眼睛。

他和锦瑟分别被关，戴着资本主义的帽子游行。其实游行完的那天晚上锦瑟就死了，她偷跑出来，找玉米地里藏起来的皮影，被红卫兵打死在玉米地。

三爷说那时候他还不知道锦瑟死了，他在监狱受尽折磨，就是心里惦记着锦瑟才一步步走过来，活了下来。

“文革”结束后，他出狱。

第一件事就是找锦瑟。

可惜再也没能找到，动荡不安的年代，死个人很正常。可是锦瑟于三爷不同，那是支撑他活下去的人。三爷说他后来百般打听，找到当年关他的红卫兵，才知道锦瑟在很多年前就死了。

三爷拿着手里没完成的皮影，波澜不惊。我和妹妹却已哭成泪人。

“锦瑟当年坚持的，现在实现了，这丫头，指不定偷着乐了多久呢。”

二〇〇六年五月，华县皮影被国务院列入国家首批非物质文化遗产名录。

二〇〇八年九月华县皮影产业群被文化部命名为“国家文化产业示范基地”，同年十月，华县因皮影被文化部命名为“国家民间文化艺术之乡”。

家国强大，有人保护它。

它可安详。

用碗碗腔，演尽生旦净末丑各种角色。

全由一人包唱，除演唱和对白之外，还有挑线、二弦、板胡、月琴、碗、锣、鼓、钗、梆、唢呐、号，临乱不惊，游刃有余，堪称一绝。

灵魂摆渡人

1

这西片区是男人都知道的红灯区。

夜幕将近，坐台小姐开始蠢蠢欲动。

她们凭着丰富的经验，游刃于男人胯下、腰间，这是夜幕降临、华灯初上的城市每晚上演的情节。

这无数红灯区里行走的每双丝袜、每双高跟鞋，无不向外界宣告，这夜幕，都是我来做主。

我叫陈四，陈圆圆的陈，一二三四的四，是一名快递员。

我的交通工具是一辆三蹦子，外加一个遮风避雨的顶棚，风里来雨里去，孤身一人。

前不久，老大给我配了一个搭档，叫虎三。我一听这名就猜是老大唬我的，百家姓里根本就没有的姓啊，结果这货还真姓虎，是个女人，三十来岁。我经常调侃她："难怪你叫虎三，一个女人长得五大三粗、虎背熊腰的，也是奇了。"

虎三跑东片区，我跑北片区，在快递这个行业，所谓的搭档并不是穿一条裤子一起跑，而是一个片区分成东、西两块，两人一起，其利断金。

可巧的是，这个城市的红灯区，大多数在北片区，北片区是袭城管辖最松的三条民巷街，据说从民国开始这里就是名副其实的嫖娼胜地，到了如今，城管明着管理严格，其实松散。你想想，一个愿打，一个愿挨，这两情相悦的事，明着不行来暗的，谁又能管得住呢？

打着旗号明着暗着开业的，那些蹲在公交站牌处穿得奶都快爆出地表的女人，烈焰红唇，臀圆胸翘，用这两副装备勾走了多少深夜里孤独寂寞的灵魂。

2

三月份的天，闷骚得难受，我点支兰州烟，蹲下检查了一遍三蹦子的情况，确定没什么大的问题，才挂了快递招牌，穿了工作服从大门口驶出。这三蹦子常给我掉链子，上次去西河路广场送快递，这货的链条断了，死活不走，老子推了三条街，过了两个天桥才推回来。

快递员其实是个好活计，能见很多人，听很多事。有时遇到态度不好的收件人，骂几句也是情有可原的事，时间久了也就习惯了。西河路广场有两件令我印象深刻的事。

一个是寄件人，在大门口徘徊半天，支支吾吾地和我说，她家没有胶带给货物上封，让我拿去公司封好再寄，并且再三叮嘱我里面的货物绝对不能打开看。虽然我没读过多少书，文化水平不高，但是职业操守我还是有的。不看货物，这是行业规矩，我还她一个 OK 的手势，告诉她放心，这事妥妥的。

结果后面还真被我看到了，天地良心，真不是我打开看的，而是回去的路上遇到大风，三蹦子被吹倒了，我收拾完地上的货物准备起身时，却看到一个玫红色的盒子遗漏在地上，我没多想就去捡，结果就看到盒子上这么几个字：女用伸缩，夜夜爽翻。上面还贴着一个纸条，纸条上写着：送给久违的闺蜜。

瞬间我就蒙了，这盒子很明显是打开的，几秒钟我就长了新的姿势，原来这玩意闺蜜间还能互用啊。

另一个收件人，是一个代收货款的快递，我递给她，告诉她代收费是三百元。结果人家姑娘说她是北边红灯区那块的，听完这话我赶紧用手捂住了我的菊花。她说身上没钱，让我晚上去北边区的娇小姐酒吧找她，她可以让我爽一爽，还给我一张名片。

我回家思考一夜，抽了一盒“兰州”，最后我撕了那张名片，这时代，还是保命要紧，虽说那爽快我没怎么体验过，可命要紧，一切都不如自己动手解决来得好。

现在想想在关键时刻，我还是很理智的。

今天第一个要送的件在幸福小区的二单元 503 号房，开门的是个老太，头发花白，第一眼让我想到了我那因眼疾死去的奶奶，我撕下标签，递给老太，等着她签字收货然后去往下一家。

老太站在门口，眼睛处有颗黑痣，她咳嗽两声，发出沙哑的声音：“孩子，要不你进来坐坐，我这会儿心口疼，缓一会儿再签字。”

我本不打算进去，开口说“不”的时候，老太已经转身往屋里走了，没办法，我无奈地进了屋，坐在沙发上。看这精装修的模样，这应该是个阔气的老太，穿着打扮和农村的老太不一样。老太很热情，端来了水果，还特意泡了一杯茶，倒显得我尴尬起来。

“您别忙活，您签了字我就走，分分钟的事。”

老太坐在沙发上，神情忧伤，讲话的模样都快要哭了，她委屈地和我讲：“其实我是太孤单了，老伴走了，留下我一个人，孩子都长大了，去了外地工作，成家立业是好事啊，好事，我替他们高兴。”老太指指快递，“你瞧，这不知是寄来的什么？其实，我多希望他们把自己寄过来，像你现在这样陪我说说话就足够了。”

我是一个感性的人，也是一个在老人面前不懂得拒绝的人，我一直觉得他们的灵魂都很孤独，需要陪伴，可我终究是不善言辞的人，只能尴尬地笑着。

老太见我不讲话，无奈地摇头叹气，拿着笔很吃力地签了自己的名字，我鞠了躬，说了声“再见”就走了。

这世间孤独的人很多，每个心灵都需要慰藉，每个灵魂都需要安慰，可我不是那个能给人安慰的人，只能独自走在这荒凉的三月，去往下一个点。

3

推开第二家的门时，一对夫妻正在吵架，我是他们用物体砸门，门受到反射自动弹开后才进屋的。只见面前的这对夫妻正在厮打，男人揪着女人的领口，胸部已春光乍泄，女人也不甘示弱，急了就拔男人的头发，男人嘴里吼着："你这个臭欧巴桑，韩剧看多了就知道拔头发！"

"咋了？就拔！我让你在外面找小三，我让你找，那么多年的同甘共苦忘记了是吗？你从当初那个农村里出来的小瘪三混成现在的样子，哪一步不是老娘的功劳，现在我成了黄脸婆，你成了一枝花！啊呸！你还是花，你就是一堆破铜烂铁！"

我站在门口干咽唾沫，形容女子美好的词汇，在我面前这位女士身上真的是丝毫用不到，当然了，形容男子宽容大度的词汇，在我面前这位男士身上也是丝毫用不到，果然被愤怒冲昏头脑的人，多半都是没有理智的。

空气突然尴尬，他们二人同时看向我，我尴尬地杵在那儿。

男人冲过来，指着我，冲女人吼："说！这是谁！还说我找小三，这是不是你的小三，啊？"

我赶紧解释："不不不，大哥，你搞错了，我是快递员。"我连忙指指工作服以及左边肩膀上的快递员标签，他这才熄火。

"什么东西？"

"不好意思，我们不知道，您在签字处签字，不过这上面的名字是女名，大概是您的妻子，还是要本人签才好。"

女人走过来，不屑地拿起货物掂掂重量，拿起笔，签下自己的名字。

男人嘟囔着："败家娘们不知道买的什么败家东西。"

女人得意地笑："毒药啊，是毒药，晚上你睡觉，我抹在奶上毒死你的毒药啊。”

我赶紧出了门远离了这个是非之地。都说夫妻本是同林鸟，大难临头各自飞，现在看来一点不假。吵架的两人都忘记彼此的义务和责任，在愤怒和不安的现实里，生活中所有对对方的好都消失不见，留下的只有彼此折磨的记忆。

已是夜晚，华灯初上，街道两侧都是随处可见露腿或露胸的女人，她们和男人们在大街上交涉，条件可以，价钱合适就上车去开房。条件苛刻不让亲不让摸，男人们不愿意。价钱低要求还高，女人们不愿意。一个不愿打，一个又不愿挨，谈崩了的事多了去了，于是只能一拍两散，寻找下一家。

我在路边小吃摊随便点了小菜，吃了一碗牛肉面，不是正宗的兰州拉面，但也能凑合着下肚。吃完打开后备厢，还有一件货物没送，地址正是北片区有名的华侨花园酒吧，是红灯区最繁华热闹的一个地方。

收件人是乔楠楠，很清纯的一个名字。

抬头望望这夜色，再看看手机，显示时间是九点零五，白天的几件货物耽搁了一下，要不然按照我推算的时间，基本上这个点都已经送完了。公司有规矩，一天的货物必须一天清完，不能攒。这确实是个让人蛋疼的规矩，所以我有半夜去敲别人家的门，被人喊爹咒娘骂赶出来的痛苦经历。

人有份能在这城市混下去的工作实属不易，所以我一直坚持着。

我卷了袖子系好鞋带，骑着我的三蹦子，朝红灯区最繁华的华侨花园酒吧驶去。

4

男人爱女人，而且爱性感丰满的女人，不管他是十几岁梦遗的少年，还是八十多岁软趴趴硬不起来的老爷子，这个铁定的江湖规矩，在“男人都是下半身思考的动物”这个话题上，经久不衰。

而我却是这个话题上的例外，这不是自夸，像我这样一心只求一人相伴到老的好青年真的是为数不多了，我害怕去红灯区被那些小姐右手一钩，搂腰搭背的。不瞒大家，前不久我穿过这条街时就被一个小姐勾搭上了，死活让我在门口等她，她把里面那个送走就来招呼我，我老实地和她说:“我没钱。”

这小姐立马变脸，摆出一副得理不饶人的模样朝我吼：“真是晦气，没钱少在我这片瞎逛。”

老子是睡你了，还是你被老子睡了，说得理直气壮的?

从北片区的幸福路穿过就到了华侨花园，我站在门口猛吸几口烟，抽了个浑身自在心满意足，然后径直推开这扇门。里面灯红酒绿，寂寞的灵魂都在这得到安慰，那些软趴趴的家伙什，也打起精神等待着坐台女郎们的一声令下。

我把快递交给服务生，等着收件人本人出来签字。

服务生不耐烦地说:“不就一个快递吗？我代签得了。”

“真的很抱歉，我们公司不能代签的，这是规矩。”

“你们公司这是作死。”他又摇摇头，此时酒吧的摇滚音乐声很大，他扯着嗓子，指着拐角处的楼梯口，“这人在楼上，你去楼上找她。”

我一下子慌了，这可是坐台窝，万一我为了送快递被潜规则了就不好了，不过这片区的老人都知道我没钱，她们要潜规则我，我也得是有钱的不是？再没多想，我顺着楼梯上了楼。

说实话，我还是有点胆怯的，这胆怯来自哪里，我此时也不知道。

我敲门，出来一个女人，确切地说，应该是个姑娘，梳着两条麻花辫，穿一套红粉色的睡衣，在她身上丝毫看不到楼下那些女人的烟火气息。

“乔楠楠？你的快递，麻烦签收一下。”

她的神情恍惚，好像和我没处在一个空间里，我说完，她的眼神才有了常人的神情，抬头看我，一惊，又扫扫我肩膀上的标签，拿起笔签了字。我欲出门的瞬间，她一把拉我进了屋，我被扯在床上，她用三秒钟时间关了门。

有两个字在即将从嘴皮子下爆出的瞬间，又被我活生生咽了回去。

乔楠楠做出一个“嘘”的动作。

我惊奇，她不是因饥渴难耐脱我衣服，也不是脱自己的衣服来勾引我，而是做了这个动作。我看出她的特别，这是一个有故事的姑娘啊。

她拖来一把椅子拉到床前，坐在我对面，开始问我。

“我此时是不是在二十一层？”

“外面是不是有很多人？保安都在门口对不对？少说也有五个是吧？”

“如果我从这二十一层跳下去会怎样？能保得住命吗？如果保不住，我还有什么方法可以逃走？”

从她的追问开始，我知道了她的故事。

她生活在农村，小的时候父亲因生意上的事砍了邻居的胳膊被判了刑，她和母亲抱着襁褓中的妹妹去了邻县，贫穷的日子导致她辍学在家照看妹妹。母亲前几年再婚，家里新来了一口人，因她是女孩，后爸背地里对她拳打脚踢，每次喝醉，这个男人都企图性侵她，她一直忍着，攒钱。年底的时候她拿着攒的车费，顺着春运返乡大潮来到这里。

年龄小，没文化，最后沦落到这酒吧。

“大姐说，今晚福森的老板要来，就是上次我去陪酒的那位老板，说点名要我作陪。”她一激动，拉着我的胳膊使劲摇晃，“我不能去，去了我就沦落了，这个坑太深，一旦陷进去就再也出不来了，求你，救救我好吗？”

她居然“哐当”一声跪在我面前。

“我的乖乖，这可使不得。”我赶忙拉起她，她眼角泛泪花，都说女人是水做的，这话看来一点不假。我的心脏开始乱跳，这是从业这么多年以来，第一次发出真正的内心如潮涌般的紧张和不安。

在意志和大脑的催促下，我赶紧推开她，语无伦次地说：“姑、姑、姑娘，我只是送快递的，你也知道这坑深，我不敢跳也没有权利跳，姑娘好自为之。”我把桌子上的快递单拿起，放在包里，关了门，在门外大口喘气。我想，今天这件事情我需要很长一段时间才能缓过来。

前一秒和后一秒的做法是相反的，当我看到从楼梯口上来的那位五大三粗老男人，那一刻我在心里暗骂着自己，一咬牙，管他多大的事，拉了这姑娘就出了门，她没等反应过来就跟着我跑，眼睛里都是感激。

我拉她去厕所，扔给她一套备用的快递工作服，在众目睽睽之下将她从酒吧带出。

夜晚的空气潮湿得让人喘不过气，我们跑的速度很快，三蹦子都快骑散架了，嘴里被吹进冷风，冻得人直打战。乔楠楠坐在装货物的快递箱里，冷得直发抖，我一手扶着车把，一手去拉下货物箱的门。

5

明明是做了好事，可我还是跑了，不跑就会被打死在酒吧的，第二天一上新闻：快递员深夜嫖娼，劳累过度而死。这画面，被虎三看见该会怎么想？可后面的姑娘，等会儿被虎三看见，虎三又会怎么想呢？总之，我是完了，彻底完了。

我骑了一夜的三蹦子，天擦亮的时候我穿过一条农民街，再穿过一层层浓雾和一片灌木丛，将车子驶进快递公司总部。

正准备出门的虎三看见狼狈归来的我，本打算上前打招呼，不料又看到身后探出头的乔楠楠，她面色大惊，手里捏着的一沓捆绑好的快递单砸落在地上，惊起一片浓雾。

“不是，你疯了？”虎三指着乔楠楠待的办公室，小声又紧张地和我说。

我开口解释之际，她一把将我拉到院子里，我们就干站着，虎三指着我的鼻子开始骂：“你是不是鬼迷心窍了，啊？我们这个地方其他人不能知道，只能我们俩知道，所有的快递单子包括档案以及一切的送单流程，这些牵扯到多少人的命，每条命都得从我们手里过，一定要小心，可你……”

“没办法，这是个苦命的孩子，我不能见死不救，我手里过了那么些命，生老病死，出车祸，遭遇背叛，这些人都是我去提醒并且指引他们前去死亡之路的，我也愧疚啊，而这真是我无意间撞到的。”我点支“兰州”给虎三，解释道。

虎三无奈地拍拍我的肩膀，叹息着说：“四啊，你要知道，凡是你能救下的，都是快死之人了，你还记得我娘吗？当初，还不是我去造的这个孽啊。”

虎三说完，吩咐我几句，让我把这事处理好。她说完就骑着三蹦子穿过浓雾出了院子。

6

我叫陈四，我的工作是快递员，这是为了掩护我原本的工作。其实很多年前我就是死人了，后来被冥界的老大赏识，做了阴阳两界中间的摆渡人，也就是人类时常在影视作品中俗称的灵魂摆渡人。

我的工作任务就是送快递，也就是死亡提醒，通常这些提醒都会由某些物体代替，上面再附送一些小卡片，人类内心最渴求什么，通常都会收到什么。

最重要的是，死亡单上必须由自己亲自签字方可生效，死亡顺序也是按照这个单子从前往后排列，绝对不能搞乱，一天的单子必须一天送完，不能积压，这是关于一个人生老病死的大事内心的需求，是导致死亡的原因，就像收到振动棒的女士，她最渴求的莫过于性，所以她的死亡地点是床上，至于死亡过程是什么我们是不能知道的。

老太收到的东西是女儿寄来的毫无温暖可言的奢侈品而已，她的死亡都是孤独惹的祸。

我们这行业，渡人生死，见过太多人情冷暖，早已习惯了不去插手别人的事，就像虎三的娘，她知道那是一份死亡单，签收人是她娘，可她什么都不能做，不能偷看内容去提醒，她能做的就是让她娘在死亡单上签字，还有就是看着她死去。

这大概是我们最痛苦的事。就像此时扰我心态的乔楠楠，从接下这个烫手山芋的那刻开始我就在心里骂自己脑袋被驴踢了。

我也一直没忘虎三的提醒，凡是我能救下的，都是快死之人了。

最近几日我手里头的通知变少了，所以今天一整日我都和乔楠楠待着，她很喜欢这个地方，说简直是世外桃源。她真的活得像个孩子，单纯善良，喜欢听鸟叫声，喜欢山间的浓雾和翠竹，我带着她翻了很远的山去看落日，她累得哈哈大笑。下山的时候总是喜欢捏我的脸，笑着说："这两个酒窝真可爱。"

这大概是这么多年以来，我唯一体会到的恋爱的感觉，自从做了这份工作，我和虎三不知道朋友是什么，不知道喜欢和爱是什么，我们孤独地在这阴阳两界奔跑，生老病死的老太太也好，为夺遗产被兄弟害死的也好，为爱服毒自杀的情侣也好，每个人的身上都有一段故事，可不管是好是坏，终究是别人的故事，能温暖他们的，始终不是我和虎三。

夜晚，我和虎三坐在院子里，虎三今天去送死亡单时被车擦破了脚，她坐在院子里擦风油精，见我出来，低着头继续忙活："她睡了？"

"嗯。"我在她身边坐下，掏出烟准备抽，被虎三挡住："抽烟就能把问题解决了？"

"那怎么办？"

"看内容，然后烧毁。"虎三拿了放在身后的包裹和一张快递单，"你看这个快递，这么大一个包裹，这个人呐，怎么死的都不知道咯。"

第二天我从乔楠楠那里要来了那份快递，打开，里面是一封信，我用吃一碗拉面的时间看完，只记得内容是让楠楠回老家，是她妈写的。

很明显，楠楠肯定会死在回家的这趟列车上。

我选择烧了这封信，如虎三所说，烧毁的同时，我这个摆渡人的工作也会就此消失，我选择和楠楠一起隐居，去了上次我们去的山上，过起安稳的小日子。

走的时候虎三和我说："你身份消失的这段时间，我会替你揽下所有的活，你和楠楠不能生育，不能领结婚证，因为身份系统已从你看信获知人类命运走向的那一刻消失，你不能做常人之事，只能生活在山里，怎么活着，就看你的造化了。"

7

此时我对虎三的感激已经无法用语言来表达了，我带着楠楠去了山下的农家，朴实善良的农民解决了我们生存的问题。

我们搭起屋，过起小日子，楠楠说，跟着我她是乐意的。

这样的生活一过就是三年，这三年我们每晚都会翻云覆雨一番，她对我的诱惑和挑战不是身为一个女子和当过坐台小姐的诱惑，而是她身为我妻子的诱惑。

楠楠一直想要个孩子，这是我内心最焦灼的事情，知道真相却苦于很多种原因无法告知，让我一度以为我是这婚姻里的背叛者。楠楠有时对我有疑惑，比如说，她会记起问我的身份证，会问起为何从不留宿外面。

我以为我救了她，我真正摆渡人的工作就是为救她，可谁都不知道，人的命运怎能轻易改变。

风和日丽的一天，楠楠搂着我的腰说："四哥，我想回老家看我妈了。"

楠楠做的决定是我无法改变的，她去农户家借了身份证，买了火车票，此时我多想给虎三打电话，可山高路远，冥界有规定，阴阳两界不能互相掺和，不然彼此都不会好过，我不想连累虎三，只能硬着头皮去。

楠楠和我上了火车，我一直拉着她的手，包括去卫生间，我不顾列车上其他乘客的反对跟着她进了卫生间。别人骂我好色也好，不顾公共场合也好，总之我不能让她从我眼前消失。

可还是发生了车祸，列车走到高架桥，前后两列发生了碰撞和断裂，楠楠和我本坐在一起，却因为这碰撞被分成两截，我眼睁睁看着我爱的姑娘离我越来越远，最后她随着那半截列车滚落悬崖，我大吼着她的名字，在这人迹混乱的事故现场，每个人的悲和痛都来不及供别人瞻仰。

8

半个月后，我又回到了虎三工作的地方。

她也学会了抽烟，嘴里叼着一根“兰州”，见我进院就开口骂：“陈四，你还知道回来？高架桥事故死了多少人！我昨晚腿都差点跑断了！”

我抱着虎三大哭，她拍着我的肩膀说：“楠楠也在上面吧？”

我不解，疑惑地看着她：“到底是怎么回事？”

“她的命运已经如此了，别人没办法去修改，即使几年前你试图去阻止她的死亡，可最后这件事还是应验了，她的死亡，本该在酒吧就开始的，你的摆渡工作本该在酒吧就结束了，可你们不信命啊！”她吐掉烟，“不过，你完成了坐台小姐的灵魂摆渡，让她免遭惨手，也算功德一件。”

虎三拿来一沓快递单扔在我面前：“继续工作吧，老大还不知道你犯的事，不过你的感情你得忘干净了。”

9

我叫陈五，陈圆圆的陈，一二三四五的五，是一名快递员，也是阴阳两界的摆渡人，和面临死亡的人打交道，在这个城市不管是地位也好，还是每天收到的投诉电话也好，无疑是最低下的生存者。

我的交通工具是一辆三蹦子，外加一个遮风避雨的顶棚，风里来雨里去，也算是辛苦。

我有个搭档，叫虎三。我一听这名就猜是老大唬我的，百家姓里根本就没有的姓啊，结果这货还真姓虎，是个女人，三十来岁。我经常调侃她，难怪你叫虎三，一个女人长得五大三粗、虎背熊腰的，也是奇了。

虎三让我当差少犯事，不然犯事累计越多，名字就会记着，就像我的陈五一样，一看就是在人间犯过五次事的人，至于都是什么事，虎三说，她也忘记了，每个接手这项工作的人，都会被剥夺以前的记忆。

我嘲笑虎三，我就比她多一次罢了。

我们俩骑着三蹦子，朝东西片区驶去，看来明天死亡的事情都发生在这里。

漆画馆

1

谈起古漆，西北人总会想到漆画。借古人之手，素丽庄严，将化学漆碾粉，堆漆，制成漆画。甸子街坐南的长青学院，学校大门被密布的常春藤遮去半截光，以致半面阳，半面阴。大门年久失修，像段厄长于岁月的历史。它破旧，就像迎风而立的老者，本属泥土。

“高考志愿被调剂到长青学院了，听名还挺押韵。”

“哥们，那地只有一路公交，祝你好运。”

后引进新专业漆画，可算救了这老者。长青学院也被人口口相传，津津乐道。学院自二〇一三年至今，向社会输送漆画五十六幅，均以省命名，大气展示各省风光。

后操场本是泥土堆，经改造，建成一所漆画馆。

一漆一尘土，满是骄傲。

要说也是离奇得很。

漆画馆发现尸体，这老者，又回风中，那悠久的历史，恢复了年久失修的模样。馆里无人再站于艺术前，品鉴、拍摄，闲暇时约三五朋友聊古画，猜它当年被创作时的风采。

本是一座满腹苍穹的艺术馆，被闲来无事之人略加修饰，它就越显鬼魅。逢人路过，折返而回。路两旁生野藤，顺大门而错盘开，分不清哪是门，哪是墙。一地荒芜，夜有乌鸦啼哭。

2

这尸体，还得从雪说起。

作案人手法熟练，熟知西北天，逢着冬季，积雪得四五天方可融化。

事发于何时无人知，只知地点是漆画馆。尸体被发现的那天，正值大雪融化，馆门右侧是体育学院集资新修的石子路，石子选的黄河石，脉络清晰可见。黑松在那早被风折磨得很疯狂，它拼了命般吼叫，再吼叫，像暗示又像在佛辇下祈生。

当时体育二班正上最后一堂普拉提课，可偏就遇积雪融化之时，那豆大的冰块挂在屋檐，一滴一滴，落在雪中，之后不见。黑松猛抖身体，一片白落入头发梢，他们喜欢这样玩耍，见老师还未到，三三两两，开始玩雪。捏成团，或撩一堆在手心，灌入别人衣领，随即就是浑身血液被冻住的感觉。

女孩爱热闹，男孩也爱。年轻时，总是追着风跑，停不下来。雪里多了一群互相追赶的身影，如青春奔跑，停不下来。

九点整，钟声碰到针尖，“嘭”的一声，炸裂了。

石子路尾，那个堆在青藤下的雪人，开始炸裂。它被众人挤得粉碎，它躲在青藤下的孤独，即将上演一场怎样的终结，无人知晓。雪人倒下后露出的墙面布满黑色的污垢，用手轻抚，可看见那孤独下的冷漠，那流在墙后发黑，让人眼球如玻璃般爆破的血迹，打破这九点一刻。

就在不久前，老周还在研究毕业设计，一幅漆画，白色部分表现无白，且脏。走廊里，他关了空调，望着挂于窗前的作品，那本是一幅江南古镇夜景，无奈被学生将“夜”做成了“白”，不该留蛋壳处，贴满蛋壳，失了艺术味道。他本打算仔细考量，突然瞳孔被放大，心脏如同窒息般。他半张着嘴，想喊话，奈何只字未出。

他看到雨泽，全是血，在一堆白中像孤雁释然般跳出，倒地，黑大衣成红色，倒地瞬间和雪融为一体，仅半秒，那片雪已被染红，像炙热，像要燃烧，老远就能闻到油漆味。一时间，哭喊声散落整个校园，那感觉就像钢管插入般冰冷，那份孤独随即而来，满身鸡皮疙瘩。

警方搜遍整个漆画馆，除了上墙的完成作品，还有馆内后门处大红色散落在地的红漆以外，在堆满漆画板和油漆桶的房间，发现了一幅未完成的漆画作品，从笔触鉴定，标签上写着：凡真画。

这世界对警察的定义总是这般残暴，路人碰见警车总是摇头叹息：“披着城管外衣的警察，来，下来坐坐。”这话就像被逼良为娼，太爱洁净的人，总归落不得好处，何嘉木这样想。他还是学着张开怀抱，接纳别人，就像那著名的凡真，他愿意找到她，这案件，还是让他感受到不一样的过瘾。

一辆别克停在艺术学院文慧楼前，何嘉木取了白手套放一边，伸手去握站在他面前的凡真。

这姑娘个头小，身穿大红棉袄，头戴一顶白帽，脸埋在厚棉袄下，只露着一双眼睛。

何嘉木指指警车：“不介意的话可以去车里坐坐，暖和。”

凡真抬头，小心地答了一个字：“嗯。”

“凡真同学，我想听你讲讲雨泽老师。”

凡真挪开车座后面别着的小孩玩具，这才坐舒服，她两只手交叉着，哈一口热气，坐稳。

“其实，我知道得也不多。”

3

“大河魂——兰州画院重走黄河源美术考察创作活动”正式启动。

这活动就像取一瓢天山之雪那般来之不易，经中国美术家协会许可，兰州当地画院鼎力支持，它在兰州顺利展开。彩球点缀，横幅挂于楼旁，空飘围满整个中山桥。

这活动，雨泽功不可没。

活动前几月，他从兰州出发沿黄河而上，带领团队跨越九个市县，沿途奔波四十余天，进行采风活动，从自然风光到人文景色无一不在他画中。他克服困难，身穿黑蓝西服，配格子领带，一双威力斯尖头皮鞋翘起，身前是巨幅漆画，一层叠一层，他自己却像陷入万丈深渊还泰然自若的表情。

光影交错中，放眼看到的是东方红广场数万白鸽腾空而起的美景，他的头顶像是第三世界，细小的缝隙变成无数黑洞，瞬间袭击而来，转瞬就是白鸽腾空的各种姿态。

台子下方是各个大学艺术学院代表。雨泽站在台上，望着那年轻的没有丝毫岁月痕迹的脸，那是无任何心灵交错感应的脸，那无数的脸不能对当下人生有所感触，不能对作品来回把玩、品味。那脸只看得到当今娱乐，那脸看到的，只是被无数苍蝇腐蚀的痛苦，他们哪懂得什么艺术？他们连自己毕业以后要成为什么样的人，都不知道。

一曲《大漠敦煌》完毕，雨泽讲话。

他是甘肃省美术家协会代表兼省漆画青年会会长，三十有余，一撮黑须留于下巴中缝处。

他最怕讲艺术，也恐玷污艺术。

他清清嗓子，立定，这样说："我怕谈艺术，艺术是可以随便拿来在大庭广众之下讲的吗？就拿罗曼·罗兰来讲，他曾说艺术的伟大意义，基本上在于它能显示人的真正感情，内心生活的奥秘和热情的世界，这是什么？这也不是艺术。你们毕业，要成为怎样的人你们知道吗？你们不知道，你们尚可知追星、知娱乐、知今天某明星出轨，你看底下有人议论，议论什么，议论我作为代表为何不谈艺术？我想说，想谈艺术，把生活搞懂了再说，好吗，各位同学？"

话毕，底下沉默十秒钟，之后是黄河都为之一颤的掌声。

他扔了手中稿件，那对他已无用。他转身把红绸布一拉，就将现场众人拉进另一个世界。

"那是一幅长达五米的巨幅漆画，画中以蛋壳镶嵌做天空，以漆粉堆砌做树干，蛋壳处用漆晕染出一幅落日之景。这画你不得不拍手叫好，无论手法还是笔触，均展示出雨泽老师的过人之处。”凡真说得很小心。

“也是从那次活动起，雨泽老师就来了我们学院，兼做了我们专业的毕业导师。”

何嘉木打开车窗顶，他们在车里均匀呼吸着。

“凡真同学，你知道雨泽老师的灵感来自哪吗？”

“不知道。”凡真肯定地答。

“那我很好奇，你的那幅未完成的雪景，灵感来自哪啊？”何嘉木是试探的口气，本身这话脱口而出时他就已后悔，扯到与案件无关之事了。可凡真好像很乐意说她作品的灵感，何嘉木只尴尬一笑，扶着方向盘坐直。

车外，又是一场如同堆满动物尸体的雪。

4

凡真生在若尔盖县的安多达仓郎木寺。

本名读央金凡真，是汉语中“妙龄少女”之意。

那是对朝拜有着某种信仰之地。雨水刷洗过的天空，一把羊角匕首，鹿头，均挂于上屋。凡真踩在凳子上，够下那把羊角匕首装进背包，那是阿奶用金丝线串上好的白玉红珠刺绣而成。黑梭布周围勾勒一圈金丝，像朝凤上的青莲花不失美观，黑梭布中是三朵藏红花，中间那朵手工活精巧，藏红花茎都看得清。

凡真拿了包，顺手将案柜底下的一款老式相机拿走了。她回头看阿奶，她在案柜后，做着酥油茶。

阿奶弯腰拿了木铅碗，将酥油和浓茶搁在一起搅和，佐以食盐，注入熬煮好的浓茶汁，拿了木柄就搅啊搅，搅得凡真都担心木铅碗快翻了，呈乳状之时，方可饮用。

阿奶老了，可用酥油茶待客的习俗却怎么都不会忘。总在凌晨起弯着腰，站在油灯下，这老者，一直守护凡真，不曾离开。凡真鼻子一酸："阿奶，我出去啦。"

"早去早回，莫惹事，好好走路，少说话。"

高考后的暑假，天虽热，但一年中也就暑假是她难得清闲的好时光。凡真走在安多达仓的小路上，总能闻到酥油茶的香味，钻进肉里，钻进人的心尖尖上。视线里，看到的是藏族独特的清真寺，那半月牙映照在雨后清新透明的空气里，路虽颠簸，可景致好。那景是远离钢筋水泥的味道，虽离闹市，可景却住进了人的心坎里。

凡真想起年幼时，阿奶将她从背篓里抱出，放在溪边，她的脚丫被溪水冲刷，总是激起些许浪花，落在阿奶额头，阿奶就站在风中笑。

她将老式相机抱在怀中，逢人便笑，谨记阿奶的话，未曾开口讲话。

她的目的很明显，她要去喇嘛寺院。

那是朝拜的必经之地。

《周礼·春官·大祝》中记载了九种拜礼："一曰稽首，二曰顿首，三曰空首……"信徒磕头得谨遵当地风俗，磕法多且乱，不遵守则乱了规矩。那是安多达仓最长的夏日，寺钟在佛辇下苍凉地响起，最繁缛且庄重的礼节开始了，它像鹰击，划破长空。

凡真拨开戴着红帽、脖上挂了各种旅行社标志的人群，总算站在了最前面，她打算用这台老式相机记录这庄严的时刻。

只见信徒立正姿势，口中开始念叨，大多是六字真言，用汉语解释该是读作“唵嘛呢叭咪吽”，是印度佛教密宗的“真宝石”，就似近几年学术上难以解释的“南无阿弥陀佛”，口中念叨，双手合十，举过头，行一步；双手继续合十，挪到胸前，再行一步；双手合十，迈第三步时，双手自胸前移开，前身与地面平行，轻叩地面。这过程中，六字真言未断。凡真只见得信徒前行，人群随信徒前行逐渐挪动。

“这时，薛阳就出现了。”凡真嘴里吐出的薛阳，意外地让何嘉木笑了笑，这姑娘是春心荡漾了啊。

“薛阳？”

“嗯嗯，他是厦门男孩，随厦门的旅行社去的我们那儿。”

薛阳喊她出了人群，惊奇地发现凡真拿的相机是国产经典名机海鸥单反。

“嗨，美丽的藏族妹妹，可否给我看看你手中的这款相机？”

凡真犹豫几秒，把相机塞在薛阳怀中。

他比她高一头，留一头亚麻色头发，穿着白色 T 恤，T 恤左肩是丙烯颜料画的骷髅头标志，底下用英文写着“One Piece”。

“姑娘，你这款是海鸥单反啊，国内已经很少见了，这相机是哪来的？”

“我不知道，它一直在我家，就这么简单。”

“我把玩一会儿可好？”

凡真笑着点头。

她跟在薛阳身后，挤进红帽堆里，她对踩脚和拉衣角的人已无暇顾及，在长长的朝拜队伍里，她生怕跟丢这个少年，或是怕相机丢失，抑或是因那份不知何时从心尖冒出的依赖。

晚上她才回了屋，阿奶已盖了薄毯，憨睡得紧。

薛阳住在“来一次就不想走青年旅馆”。

旅馆挨着她家后门，拐弯走不到二十步可到。

“然后你们就成朋友啦？”何嘉木很轻松地问凡真，相比雨泽的尸体，偶然听听这远离自己数年的青涩故事也不错，他倒挺得意。

“嗯，他教会我很多摄影技术，三角构图、平行构图、轴对称构图等，他通过地面拍摄来构图，他说摄影最忌死角构图。他人很好。”凡真看着车窗外，雪已盖了外面的黑松。

“后来呢？”

“后来他回了厦门，留的手机不知是号码错了还是怎么了，没了联系，我在大一暑假也去厦门找过他，可是无果。”她把一束发别于耳朵背后，拉了拉衣领继续说，“我那幅未完成的作品就叫《郎木寺雪景》，是薛阳站在一片雪里，只留了背影的照片。我拍摄的，我想在毕业设计展上让这幅画出名，所以雨泽老师带的学生里，数我最积极，总是爱请教他漆画创作方面的问题，他也很耐心地教我。”

“你想在毕业展上出名，是想让薛阳通过网络看见你，你定会在毕业展上表达对他这几年的想念，如今网络这么发达，他看到也定会联系你。”

何嘉木苦笑着说完，在他看来，那定只是烂大街的暧昧。那是沉睡在岁月里的故事，在他看来，这故事无丝毫价值，他果断打断凡真："嗨，姑娘，我们，嗯，貌似扯远了，还是来说说雨泽老师吧！"他指指凡真："你，是我今天接触的第五个雨泽老师的学生，苍天保佑，今天可得在你这有点进展，希望你能提供一些有用的线索，助我们破案。"

"嗯？好吧，我尽量。"凡真咬着嘴唇，已发紫，她不太习惯和陌生人待很久，这已经超出她的预计了。

何嘉木警官挠挠头发："雨泽老师在漆画方面的工艺，应该很不赖吧？"

"嗯，那是自然。"

5

大四整一年来，凡真都陷入了恐慌。

她时常在夜里难以入睡，有时像是钻进伸手不见五指的黑洞，无任何扶手可抓，她想跑，可是跑不掉，她在夜里惊醒—失眠—惊醒—失眠。白天的画作总会浮现在眼前，苍白无力的绢丝布上呈现的郎木寺是那般难看，它的塔尖没了方向，它的朱红变了色，积雪部分用白漆粉堆砌，上了清漆打磨，原本洁白的雪开始泛黄，就像被封了许久的古画，开了颜。

她没住宿舍，而是住在离学院不远的和平区。隔壁是一个上海老头，她每晚回房晚，过了走廊可从玻璃窗外探到隔壁老头关灯睡觉。

他在睡觉这事上，向来准时。凡真这样想。

地铁经过时，有辆铁轨的车身打着广告：西北画作展——漆画。她用尽所有积蓄上了兰山馆，去寻可帮她完成漆画之人，可是无果。

那只是一座心灵孤单、审美浮夸的假道理填充的庞然大物罢了。在西北影响巨大，可在凡真心里起不了任何波澜。

“流进历史的文化，被重新挖掘，反复嚼咽，无人再去研究它当初经哪些工艺流程制作而成，可是雨泽老师则不同，他懂漆画，他曾说漆画的一漆一油、一笔一画，皆是灵魂。”

“他是大师，当然会利用文化，这很简单。”何嘉木说得很轻松。

“不是，他是真的懂漆画语言。”

要说当今什么是潮流？不是网络也不是娱乐，而是快餐式的生活节奏。这种生活节奏，必将精雕细琢下的工艺斗得体无完肤，快餐文化的增长，让传统工艺被腐蚀，失了味道，灭了人性。

而雨泽真是及时雨，他的出现，让长青学院的漆画如同被雨洗刷，活了过来。

雨泽的课堂，总是和其他漆画老师不同。

自由。

你可随意进出，随意作画。

雨泽做漆画常说：“细节决定成败。”

他选用上好龙骨架支撑的檀香木板，四角是雕刻在木边的青丝鸟，尖嘴，红头。从藏南以北运来的大漆，没有化学漆的味道。木板上黑漆，刷平整，再刮泥子粉打磨光滑，上画面，之后就是漆粉制作，每一步考究精致，筛选最合适的漆粉用来作漆画。

那段日子是夏天，教室外面总是有蝉鸣声，歇了叫，叫了又歇，反反复复。

“是雨泽老师教我，怎样研磨漆粉，白色部分要用蛋壳贴，大小不一，错落有致，才可表现雪景远近之分，蛋壳表现雪景，日子久了也不会发黄。”

何嘉木警官又问：“他在你们学校教学期间，可否有人看过他？”

“没有，他几乎没什么朋友。”

“哦。”何嘉木若有所思地点点头。

雨泽把漆画看作是有灵魂的，这是何嘉木从包括凡真及其他数位学生那得到的，这真是费神，他晃晃头，想提神。

6

一星期后，凡真出现在公安局门口，发梢未干，刚洗过澡。她走在雪地里，身后留下一串脚印，延伸到公安局门外。

何嘉木很谨慎地递给她一杯热水：“坐，喝口热的暖暖身子。”

凡真坐下，她有些无奈，喝口水说：“何警官，我很抱歉，我知道的真就这么多。”

“莫气莫气，今天，我只想听你讲讲厦门男孩。”何嘉木笑笑。

“听他做什么？”

凡真心想这警官肯定是故意取笑她，她起身，欲出门。

何嘉木一把掀过桌面，垃圾桶碰撞倒地，卫生纸团落了一地，何嘉木踩过纸团，够着凡真的胳膊，义正词严地喊：“央金凡真，你为何不敢说你的薛阳？那个压根就不存在的薛阳！”

那感觉就像无数蝼蚁满身爬，钻进肺里，钻进胃里，恶心得很。

凡真一把甩开胳膊，大吼：“你说什么？”她的眼似揉进万里云烟，她的心似千疮百孔不能愈合，她的肉体似被铸上枷锁，动弹不得。

7

警方再次踏入漆画馆，在画板背后的小夹层里发现那张摄影作品《郎木寺雪景》。

那个冬天真的很冷，哪怕是郎木寺，也一样。

西藏人说郎木寺离天堂最近，可总是徘徊在外，或许它想把这最接近的，变成最远的。它没有游轮，没有鱼米之乡的江南味道，没有大漠孤烟直的沙漠，只一寺一庙一朝拜，就足以进心，驻心。

时有信徒在柏油马路附近逗留，也有看惯了假象的骑行者在捕捉最后一丝真诚，它给予需要安慰的人不多不少，刚刚好。

这宁静的如卵巢般存在的纯真，被一声紧急刹车打破，去他的宁静，去他的永生，在真理面前，它才是永垂不朽的。

警方踏入这座虔诚的小镇，夕阳下那威武的身影被逐渐拉长，没了影。

他们路过凡真曾路过的路，去了凡真曾看过的喇嘛寺院，她家后门二十米不到就是清晰可见的一座孤坟，时有乌鸦落于藤叶上，旁边有块无人打理的墓碑，上面刻着：阿吉纳措·古真太喇嘛。她的阿奶早在多年前病逝，骨灰撒在寺院上空，燃烧，变成虚无。

“央金凡真，你从不与人交往、讲话，你的骨子里有股戾气。你家附近根本没有什么青年旅馆，那是一座孤坟，长满野草。你的阿奶在你七岁时去世，你的族长告诉我们，你自小长在喇嘛寺院，性格孤僻，你的眼里看了无数朝拜，见了无数信徒。你聪明好学，可就爱自言自语、胡思乱想，他们集资送你来了兰州读大学，好，你需要冷静，我知道我现在说的你已经听不进去。”

“你鬼话连篇，鬼话连篇！”凡真抱着头，头颅像被在地上来回踢，天旋地转，难受得厉害。

“所有一切都归于你孤独，你从小孤独，所以你害怕孤独。为何你周围的人没有发现你这般，那是因为你周围有人，你的孤独会减少，不会乱想。”

何嘉木像抓到一把稻草般，他想全部说完，这事压抑他太久，他需要释放：“你幻想中的厦门男孩是不存在的，他只是你臆想出来的，你去了厦门找一个幻想中的人，怎能找到！”他抓住凡真的肩，猛烈摇晃：“你遇见雨泽，他的温柔、他的学识再次让你沦陷，你以为他就是你幻想出来的厦门男孩，你追求他，可他已成家，你得知厦门男孩结婚了，受不了，于是你在幻想和回忆中杀了你的老师雨泽，将他藏在雪人里，是不是？是不是？”

警方多方取证，去了凡真在和平区租的小屋，找到那位上海老者，他浑身颤抖地说：“事发那晚雪很大，已是深夜两点左右，街上恐怕连鬼都没有啊。我看到那个姑娘啊，浑身是血，站在我窗户前敲门，还喊开门，她要进来。那是我这么多年来记得最清楚的一晚。血，到处是血。自那后，她每晚回来，都撑一把红伞，我在她进门前总是习惯关了灯，听她在房里做什么，也奇怪得很，她一个人住，可一会儿说，一会儿又笑的。”

凡真听何嘉木讲的时候，浑身已失去知觉，她冰冷的瞳孔被放大无数倍，在黑夜里想寻找躲藏的地方，可奈何没找到任何地方，周围灯光晃得她睁不开眼睛，她坐在桌前，用力拍着桌子，厮打，吼叫。她的身后是无数警察，有同情的，有悲伤的，有摇头叹息的。世间百态，均在此绽放。

听一个愚蠢的告白者来阐述自己的观点，而且头头是道。她还会列举，还会用歇后语，她还会生气，就像听一个有思想、有记忆的人在向他阐述，何嘉木看着此时的凡真，只得摇头叹息。

真理有太多，有的永垂不朽，有的需要解剖。

他拿了档案袋，装了凡真的档案，取下白手套，拿起笔，在档案袋上这样标注：央金凡真，严重幻想症患者。

而那张被称为《郎木寺雪景》的照片，构图精妙，所呈现的景物均在画面正中，雪中隐藏的寺庙展现出它的威严肃立。只是，凡真笔下的是一个男孩走在雪里的背影，而照片上是两个喇嘛穿着藏服，衣襟飘带不离身。

何嘉木看到时，心被猛地一击。

8

严重幻想症患者也叫强迫幻想症。它属于强迫观念。

在孤独时，它顺着脑电波游走在身体里，让患者更加孤独，自言自语，产生臆想，是和一个人的愿望相联系并指向未来的想象。

凡真的未来是什么，无人知晓。

雨泽拿着凡真写给他的信，思考良久，还是决定这姑娘不能再跟其他学生一起，他把她安顿到了堆放漆画板的房子里，并说："你的雪景得靠你自己想象，想象出来，再拿来给我看。"

他孤立了她，她滚落进那深不见底的深渊。

那晚的雪很大，雨泽听着她的诉求，听着她嘴里喊着的"薛阳"，看着那越发诡异的脸，他开始逃。而凡真在他身后，举起一个红色漆桶砸向雨泽。

漆桶瞬间散开，溅落一地，已分不清是血还是漆。

她发白的血液里装着人情冷暖，褐色的眼睛里看到的是孤独。

她拿起武器，对着那些伤害过她的人，那是讽刺。

她突然舒坦了，她杀死了孤独和寂寞，杀死了仇视她的人。

那流淌的血液是红色的、静止的，在这夜里，无影。

也无踪。

9

六月份的毕业展上，一幅雪景漆画成绩傲人。

它制作工艺简单，整幅画材料运用得当，就像这座馆，退了以前的模样，复得新宠。

画面中，一片雪，两喇嘛，衣襟飘带不曾离身。

人们都在感叹：“可惜了雨泽啊！”“这画有雨泽的影子……”

兰山精神病院，三号房。

那姑娘隔着窗看向外面，新叶发芽，来了又去，总是一片祥和之象。

来去往夕，新人也好，旧人也罢，终不留痕迹。

西北以北

1

西北坡，文县一带，白马山头，中寨地区，白马酿酒馆，鼻孔一紧，就能闻得酒香。

腊月开始，白马人便兑好夏日攒好的山泉水，水滴分明。腰间别一收音机，拉起天线，逛完白马庙，就顺着中寨高高的山头直走。去干啥？去吃山头那处润肠胃的咂秆酒啊。白马山头的咂秆酒，是白马人劳作间的解乏酒，尤其山头古楼那家。

每日黄昏，都有三五个艺人坐于古楼口处的匾额下，配以琵琶、胡琴，艺人唱和以悠扬、婉转的歌声，客人一边欣赏丝竹之乐，一边用嘴噙“火通”咂取、享用美酒。

有一个约莫四十岁的男人，会根据来者口味，调入蜂蜜、蔗糖等。蔗糖罐年代久远，边上长了青苔，他倒也不在乎，由着它随便攀爬。

琵琶声婉转，唱罢悟空讲西湖，大家舌尖碰着味蕾，轻佻得紧，那心啊嗓子眼啊，都跟着这酒香一起下肚，响彻整个肚洞。

2

说起这故事，得往后扯许多年月。

一九九五年，白氏酒馆的掌柜白擎离世，享年八十。

白擎在离世前半晌时，用眼珠四下扫能继承白氏酒香之人。三四个儿，孔武有力，身材结实，可无一人有酿酒之灵魂啊。

白擎苦恼，想这手艺，从道光年间，就由太师傅从甘肃西南一带起步，以独特工艺、饮用方式为特色，将这咂秆酒传承下来，如今到了他手里，可左右挑不得一人继承。老大人灵活，可有时爱犯轴。老二懦弱，是一个放在战争年间，日本鬼子一逼就能卖祖宗的人。老三、老四还小。他万般悔恨之际，突觉天灵盖一闪，憋足了气，大喊一声："阿九，快喊阿九！"

老爷子一口气憋足不到五秒，当场咽气。

老爷子口中的阿九，揽下所有技艺，成了白家女氏首创掌柜。

阿九主权已定，念其才二十不到，尚等三年，二十三岁时，再来掌管。这三年，暂由白家老大白德水坐镇酒馆。

白老大坐镇第一件大事，就是为阿九择婿。

白家在中寨一带有些势力，想与阿九攀亲之人一抓一大把。白老大可不是吃素的，他知阿九年幼，老爷子临死时指名阿九来接管，跟她家攀上亲的，可得是中寨一带有头有脸的人才妥。

阿九二十岁时，被指了一门亲，张家。

张家可是中寨蜜汤酒酿造大户，张大爷在时，曾受西北一带山头鹰子保护，民国时期，叱咤风云好久。白老大选的这亲事，任谁一看，都是为两家日后生意打算。

白老大算盘打得紧，这两家成亲家，以后这酿酒生意，咂杆酒、蜜汤酒，两家不分彼此。

3

白落九，小名阿九，白家孙子辈第一人，白老大之女。

从娘胎落地那刻，就有一虎牙。曾取名白落酒，后被她娘胡氏改成谐音“九”，通“酒”字，也有白马文化的“崇九”之俗。

张家独子，张邵齐，常叫邵齐。

阿九大邵齐一岁，她上初中的时候，就爱踩着邵齐家的屋檐，翻过墙，去摘与屋檐一般高的杏子树上的杏子，用衣角擦两下，一下塞嘴里。邵齐拿一杆老土枪，预谋多次，逮着时机，推开窗，枪口刚好瞄准阿九的胸部，大喊：“好个小毛贼，你都来好几次了，可算是逮着你了。”

阿九不理，故作悲壮，也吼叫：“啊！张叔，您看您那缺德的儿子在干啥，他的枪口对着哪了！”

他一慌，枪也落了空，刚巧砸在院内张富海头顶。他寻着声抬头，就望见头顶屋檐处的阿九，还有满脸通红的他儿子。

“张邵齐！你给老子滚下来！”

“阿九！你这是站你张叔头顶拉屎吗？啊！”

这声吼叫，惊得石头院内的鸽子乱飞，落在电线杆上、屋檐下，邵齐就看着那群鸽子围在阿九四周，夏日里的衣衫，被汗浇湿，胸前若有若无的白肉，像根针，都落在邵齐心口处。

成年后，张邵齐的个头比阿九高出大半截。男孩特有的印迹都落在他肩上，他站在窗前伸手就能够到屋檐，他的嗓音也与初中时不同，变成了浑厚有力、带有一点好听的鼻音。

他还未经世事，不懂得男欢女爱。张富海同他讲，白家的阿九，是他的媳妇，这是为了稳固两家生意。

他的记忆翻滚，又记起数年前，那个翻墙的白里透红的阿九。

他连她的手都没拉过一次，只是偶尔放学的时候，在校门口见阿九戴一耳机，扎个马尾，混在人堆里。高中时的她，耳洞就五个，像夏日里的葡萄，多又多。

4

《大话西游之仙履奇缘》上映时，正值张邵齐高中毕业。

张富海给他两张电影票、两瓶米酒、一罐茶，嘱咐他："去白家，约姑娘去看电影，速去，慢回！"

张邵齐哪里知道怎么约姑娘，他洗了澡，换上白衬衣，黑皮鞋擦得锃光瓦亮，去敲白家的红漆门。

谁知阿九推了门，探出头。夏日里，他看到那姑娘的头发微卷，落在肩处。

阿九一惊："你干什么？我跟你讲，我不喜欢你，知道吗？"

他拉低声音，说："可我们有婚约啊。"

"什么婚约？我警告你，我们看电影，是为了任务，懂吗？"

张邵齐说："嗯。"

阿九速速地将半个身子从大门口探出，又小跑到张邵齐前面，然后转过身同他讲："不许跟我并排走，跟在我后面！"

张邵齐就跟在阿九后面，不出身。他心想，老子什么大风大浪没见过，初中的禽流感，高中的抄试卷，昨晚我爹未炒熟的饭，以及半夜的狂风，今日，怎料在你这小女面前，不曾有半分叛逆。

拐过长街，就是白马庙前，阿九回头看这少年，却被他手里攥着的电影票吸引。她靠近他，他扶着石头向后退："你要干什么？"

"没出息，你，把手里的电影票，给我！"

张邵齐把票递给她，阿九将其放在手心里，用指甲触碰画面上的人物，空余的一根手指头，去触碰电影票中那个身穿紫色衣衫，手拔紫青宝剑的紫霞仙子。

"哇，好美啊！"她感叹。

张邵齐开口："她叫朱茵。"

"我知道，你啰唆什么？我跟你很熟吗？你不要再同我讲话，这条路，左边归你，右边归我，互不相欠！"

张邵齐"哦"了一声，心想：这女子，前世肯定是只刺猬，又吵又扎手！

5

暑假来临，张邵齐无所事事，父亲带他逛了地下酒窖，扯东扯西。

言下之意就是，张家家大业大，高中毕业，就打消上大学的念头吧，然后跟着他学些本事，帮忙打理酒窖，待到和阿九成了婚，再全盘交予他们夫妻俩。

他此时很焦虑，不是父亲讲的，而是如何才能得一心，守一人。

这人是阿九，心也是阿九。

无事翻看同学录，绿皮，显得有些不应景，突然，一个名字蹿进他大脑，大二生，对啊，找大二生啊，他上学时就老研究隔壁班女生，对女生可谓是有彻底的了解。他记了号码，上了二楼，去拨电话。

三分钟后，又下楼，去厨房，吩咐李妈做了红烧狮子头，炖了老母鸡，再去酒窖拿了刚酿的蜜汤酒备下。

晌午时，大门口就听得一阵老摩托车发出的声音，不一会儿，大二生便风尘仆仆地进了门。

他从遥远的铁楼城赶来，原本邵齐还想看看一个暑假以来，大二生的变化，可他一眼望过去，大二生依旧如此：大马褂，屎黄色的，墨绿色的裤子，配一双大了岂止两个码的鞋，明明是比他还洋气的县城小伙子，非得把自己打扮得不知是哪个山头的土匪。

于是，他准备好的见面语，就变成了：“老子真是服了你了！”

喝了两盅，大二生才知他的用意。

“哎呀，兄弟，几月不见你这是开窍了，我阅女无数，高的、矮的、胖的、瘦的，什么样的没见过？有没有照片？齐刘海、马尾辫、短发、披肩等千万种发型，从发型就可知她性格、爱好，对症下药。”

邵齐一听，就觉得此事在大二生这，真是妥妥的，喊来李妈又给桌上加了俩猪蹄。他将照片往饭桌上一拍，大二生愣着头一看：“什么？这可是阿九啊，你开啥国际玩笑！”

“是啊，是她，是她怎么了？怎么开玩笑了？”

大二生一口猪蹄下肚：“我跟你讲，这阿九，使不得，你这面相，这辈子，追不来了。”

“为啥啊？”

“啊，你还不知道啊？也难怪，你一有假期，就被你爸整来弄他的家业，很少下中寨。”

邵齐有些发慌：“是啊，所以你就和我讲啊，咋就追不来了？”

“这阿九啊，野心大着呢。她在铁楼城租了一块地，开了啤酒场子，知道干啥不？用来追冯家明啊，冯家明是何等人？他可瞧不上阿九。他职校都没读出来，就成了铁楼城有名的混子，玩摩托，转三圈，滚九环，从未输过，身边整天围着一群女人，那叫一个爽。”

“阿九也是，好好的大户人家姑娘，非得去那混，不仅贴了人家冷屁股，还被羞辱，要我说，这女人，拉了灯都一个样，有啥稀罕的？”

邵齐看着大二生，顿生敬意。

“这和我有啥关系？我咋就追不来？”

“哥们你傻啊，从这就能看出，阿九稀罕的男人，可不是你这种安分之人，她就喜欢冯家明那种桀骜不驯的，懂吗？”

大二生斜眼一瞥，又带着敬仰之情讲："他可从未输过。别人都拿摩托当畜生，他可不这么讲，总说摩托也讲灵魂，讲生命，熄火加油上挡刹车，一连串的动作，都是对生命的敬仰。"

他拍了拍邵齐的肩："阿九就算了，好生难追，难伺候，女人嘛，拉了灯都一个样，都是一进一出，再生娃，别计较太多，啊。"

6

夏日一过，九月的天，邵齐坐在院内半晌午，上楼拿了钱，下楼去厨房随便搪塞了吃的，来不及咽，就上了一辆汽车。

车牌上写着：中寨—铁楼。

邵齐下车时，已是晚上。随便找了一家馆子，要了一碗面，吃饱，顺着铁楼的中心广场走去，广场靠车站那处，就能听见摩托声响，人声鼎沸。邵齐钻进人堆，探出头，广场那么多女人，她们有的骑着自行车，有的站在广场上，无数张面孔，他却偏偏记住了她的。

他看到阿九在人堆里，像只小鹿一样跟在冯家明身后，拿着他的外套、他的水杯，偶尔拿出毛巾，擦擦他额头的汗。

邵齐心里一阵茫然，他满口白牙都差点掉了，他就纳闷了，这和他素日里认识的阿九，无半分相似。那个素日里像刺猬一样近不了身的姑娘，现如今却是一只鹿，忐忑不安的。

邵齐挤进人堆，拍拍她的肩。阿九转头，"啊"的一声叫，可惜，就邵齐听见了。

“你，你，你怎么在这？我警告你，不许同我爹讲，不然，小心我打你！”

“知道了，媳妇。”

“啥？”

“媳妇啊。”

邵齐记住了大二生的话，要死皮懒脸，桀骜不驯。

“啊……我的天娘，媳妇是你叫的、乱讲的？我跟你讲，待会儿家明来了，你休得乱叫。”

邵齐站在阿九身后，一站就是两个小时，他的脚，就似粘了强力胶，丝毫动弹不得。旁边的男生，搂着怀里的姑娘，他举起无数次的胳膊，又悄悄落下。这世间，有两种东西是娇羞无比的：夏日里晒着日光的太阳花，还有那荷尔蒙旺盛时期的骚动。

冯家明的摩托是三菱摩托，在这个时代，配一酷炫的头盔，定能圈粉无数。他刹车停在阿九身后，脱了帽，阿九赶紧上前，给他披了外衣。冯家明不满，推了阿九。

“九姑娘，我都说了，这就不是你们女人待的地，你发发善心，别缠着我好吗？”

邵齐看不下去了，他一把将阿九拉到身后：“别动她。我的女人。”

“哟，这哪来的山棒子，啊？哈哈。”

“白马山的，怎么了？”

“没怎么。”

冯家明不打算计较，他欲走，可阿九拦住他，他用力一甩，就将阿九甩出好几米远。

邵齐怒了，他那素日里不曾出现的神情，被拉得无限长。他从身后一堆残物里，找来一根管子，别在袖口处，往前走，又往前走，走到冯家明面前。

“你刚刚，推她了？”

“就推了怎么了？我跟你讲，她成日跟着我，我都烦了，小婊……”

“你真的推她了？”

邵齐的袖口放松，人声鼎沸的广场，顿时熄火。

而阿九的眼中，看到的，就是《大话西游》电影里，踩着七彩云朵来娶她的张邵齐，以及他身后，逐渐散开的血迹。

7

又过半月，冯家明才出院。张富海也算有些势力，砸了钱，算了事。

他也没去计较白家的白落九，只道是心里暗自讨喜，他家这个不开窍的，总算是知道咋追女人了，以前的脓包样，可不行。

阿九没事时，就又去翻张家的屋檐，自铁楼那事发生，她再也没去找过冯家明，相反，倒是整日在张家屋檐上待着。

那日她从窗户探了头进去，发觉张邵齐不在屋内，索性从窗台上跳下去。

客厅空荡荡的，客厅左侧是浴室，发亮的瓷砖，照得她闭上了眼睛。她踮脚进去，只见浴室泡沫满地，墙面上都是五彩缤纷的泡沫，阿九发出铃铛般的笑声。

浴室的挂台上摆着各种洗发水，有香草味的、草莓味的，她就在心里想：张邵齐，你个变态！

“阿九？”

穿着裤衩的邵齐突然出现在门口，他从面无表情，到受到惊吓，再到惶恐，用了不到一秒时间。

“啊，张邵齐，你变态，大白天的，在家里穿的哪门子裤衩！”

张邵齐下意识低头看看下体，愣了一下，用手捂住下体，做逃跑状。又仔细一想，这是他的窝，他的浴室，他跑啥？

“不是，你，阿九，你咋会在这儿？”

“我我我，我是……你个变态，出去！”

邵齐欲从门口出，脚一滑，连着阿九，一同栽倒在地板上。而他的手，恰好摸在阿九下体的那片温柔乡里。邵齐只觉得，周身就像被赤火烤着那般，他只觉浑身炽热，下体发烫，坚硬。

阿九一个耳光打在他脸上，他低头看她，邵齐总算在她的眉眼间，捕捉到一点小鹿般的存在。

“阿九，你真美。”

“张邵齐你要干什么？干什么？嘴巴拿远点，我警告你！”

“你的嘴别靠近我，住嘴！啊！”

8

一九九八年的腊月，白家摊上事了。

咂秆酒被几个外地乡里来的工人，在加工时兑了水。白德水领阿九去酒窖查看。几名工人在闯下祸事之后，跑得没了踪影。

酒窖里三五成堆地摆着红铜酒罐，青稞、小麦、高粱分量都足。阿九端了红酒罐，一闻，就知兑了水，可只有三罐是兑了水的，刚刚好，昨日卖出去的就是这三罐，就被人捕风捉影了去。

白老大心想：多大点事，大不了近来歇几日，过了风口就行。

第二日，白老大在饭桌上，被一份报纸呛得差点吐血。

头版头条是：白氏自毁老招牌，数年兑水行为，枉为白马文化传承人。

这哪成啊！这简直是砸招牌，毁清誉啊！毁了他白老大不说，毁就毁了，他那一身皮囊，没啥。可这是自家招牌，白马文化的传承！

他连早卷了烟，拿了钱，又去酒窖，将七十年代白老太藏在酒窖的老酒拣了两罐，就去了报社。

白老大一见是正德，就心知没戏。

正德的爹，民国年间在白老太手下当过差，得罪了人家，偷了老爷子几根金条，被白老太收拾得那叫一个惨，几乎全文县人都知道。

正德抽着旱烟，颧骨都快缩进肉缝里了。

“这，也算是有求人的了？可这事销不了，我不能假公济私不是？这报纸，印刷一万份，不止中寨白马这一带，整个文县都发行了，还是头版头条，怎能赖得掉？”

“我……”

“要我说，老白，你就认了这跟头，前人栽树后人乘凉，你爹的家业，也算是毁在你手上了。”

五十来岁的白老大，出了报社的大门，手里提着他那两罐老酒，整个报社啊，一股酒香味。

白老大的心啊，就如他那越发弯沉的腰，老了。

白氏咂秆酒，可算是毁了招牌。

都说话讲多了，味就变了。真是应了这个理。

白老大打算退了张家的婚事，自己都自身难保了，他不想再惹了张家，让他跟着蹚这趟浑水。

可张家连夜送了聘礼，张邵齐以张氏蜜汤酒的掌柜身份，出现在阿九面前。身穿黑长卦，一顶毡帽，手拿一罐老酒，跪在正屋内。上方坐着白老大，案板上摆着白家仙人牌位。

“这一跪，这亲事，就算成了。我来时，我爹交代我，带了老酒，带了钱。张邵齐娶了白落九，就是白家的女婿，自此，水没了帮着挖，山没了帮着建，钱没了帮着赚。”

阿九站在张邵齐左边，欲言又止，一直看着这少年。

白老大啊，老泪纵横。

9

现如今，招牌依旧在，人也在。

白老大前年去世，白落九成了白氏咂秆酒的掌柜。

她身穿白衫，别起发，成日里，都钻在这酒窖里。拿了火塘，煨一红铜酒罐，罐内装青稞、小麦、高粱、纹党等酿酒的酒糟，兑以米酒，插入长约一尺的“火通”，再藏入窖中，封藏七七四十九天，咂秆酒就出炉了。

张邵齐经营酒馆，会根据来者口味，调入蜂蜜、蔗糖等。蔗糖罐年代久远，边上长了青苔，他倒也不在乎，由着它们随便攀爬。

琵琶声婉转，唱罢悟空讲西湖，大家舌尖碰着味蕾，轻佻得紧，那心啊嗓子眼啊，都跟着这酒香一起下肚，响彻整个肚洞。

二〇〇七年，文县咂秆酒被甘肃省列入第一批非物质文化遗产保护名录。

它的饮用过程是一道优美、古朴的风景。

我曾经是个小偷

1

疯狗说:“干一行爱一行，哪有干最后一票的道理？”

我说:“不干了。”

疯狗又说:“我的二流，那就这最后一票啊，干完就金盆洗手。”

我一咬牙一跺脚，朝村子公路走去。

干就干，谁怕谁。

2

我叫二流，家住东河边的断头崖下，崖口靠着东河的急拐弯处，我爹在河坝里淘沙被这急拐弯的一个巨浪给拍到崖口下，水太深，下去三个汉子都没救上来，人就走了。

我自打出生后就不记得我娘，只知她生了我，是死是活也无从考究。

十五岁时，我穿了孝服，跪在河坝边，望着湍急的河水发呆。村头的三太爷和我二叔把纸钱撒向河水中，他俩推开人堆，杵在我后面，挂着两行眼泪。二叔瞅着河坝，委屈地讲："二流啊，这下你就真成孤儿了啊，这可咋办啊？"

事后二叔把我接去了他家，他家在上村，有个红砖铺好的院子，门口拴着一条杂种狗，腿短身体长。二叔见二婶，刚想开口讲话，二婶就来了一句："你真是什么垃圾都敢往家里收啊。"

二婶是我二叔的第二个媳妇，他的第一个媳妇跟人跑了，这第二个媳妇是村里出了名的泼妇，生了三个牙尖嘴快的"小狼崽"。我很小的时候就不爱来二叔家玩，有时候放学从门口路过，也不会进去，村里人都说，二叔家住着一个河东狮，会吃人。

从她的态度里，我看出了她对我的拒绝和不满。二叔不在家时，她就和三个"小狼崽"让我喂猪，给我一盆猪食却不给棍，将我扔进猪圈，这些畜生围着我打转，二婶他们在猪圈外笑得前俯后仰。我从猪圈出来时，浑身都是猪食和猪粪，我哭着求她，让我进去洗澡，她摇头，我说："那给我一身哥哥的衣服吧。"她还是摇头。

那是我第一次感受到外界的敌意，我出了门一把鼻涕一把泪地钻进浅水河坝里脱了衣服洗身子，被日头晒过的水，钻进去的那刻皮肉生疼。我告诉自己，男儿有泪不轻弹。

这时候我又想起了我那掏沙死去的爹，我是有多恨他。

晚上回去时，二叔站在大门口和二婶争执。

他们的对话大概是这样的：

"你真是狼心狗肺，当初我们日子过不下去还是三弟帮我一把的，现在照顾下二流就怎么了？"

“啊呸！那是他乐意管，我这有三个都在读书，我可不要那垃圾，你从哪捡来的，给我扔哪去。”

“你还反了天了，由不得你！”

“我告诉你，垃圾进门，我们就离婚！”

他们还在争吵，我早已裹好外衣，松松拉链，出了村子，我想，大路那么多，不止这一个村子，此处不留爷，自有留爷处。

那时候我只有十五岁。

3

我离开村子遇到的第一个人同我一样，也是个流浪人。

他是南街天桥底下的疯狗。

那晚我的身子被一张报纸盖住，蜷缩着身子来取暖，这是我一个星期以来发现的最好的栖身场地。

疯狗染着黄头发，屁股后面挂着一个吉他，穿着黑色衬衣，他蹲在我身边抽了将近半小时的烟，然后又钻进天桥的垃圾堆里去翻烟盒，找了半天，找到一盒里面还留有一根的软中华，他连着喊“这真是老子的福地啊，我今连着找到六根烟了，哈哈哈”。

他又问我：“小孩，你无家可归吗？”

“嗯，同你一样。”

“才不是！”他很正经地一屁股坐地上，“我这不是流浪，是为了音乐追求自由，你懂不？”

我摇头。

“小孩，你叫啥？”

“二流。”

“我叫疯狗，哈哈。”

他蹲在地上用手抹平有干泥的地，拿了一沓塑料纸垫在屁股下，和我一样顺着墙蹲下。我们身上盖着报纸，看着天桥下来往的人群。有穿黑西装、手里提着包的男人走过，在我们面前扔一块钱，疯狗就点头哈腰礼貌地附和，他说他同我不一样，看来真是如此了。

天黑的时候，疯狗说：“小二流，跟我去一地方，我看你也是一个人。”

“不去。”我摇头。

“你爹呢？”

“死了。”

“家呢？”

“二叔骂，回不去的。”

很小的时候，我那个死去的爹和我讲，不要相信陌生人，那些人坐着绿皮火车，穿梭在各个城市里，不是偷抢杀人，就是上房揭瓦。这世上区分人的高低贵贱有无数种，最无聊的一种就是好人和坏人之分。

嘴巴管不住，别人问什么，终究还是说了什么。

“嘿，你还有脾气，我告诉你，这地扒手混子可是很多的，你占了他们的地，等晚上那几个回来，有你好受的，我是这儿的老人，比你这小孩知道得多。”

我不再说话，跟在他身后。我们穿过南街天桥，天桥对面的胖姐包子店老板是个胖女人，看见疯狗走过去，本打算招呼，一看是疯狗，摇着一肚子的肥肉指着疯狗骂："疯子哎，欠的钱啥时候还，老娘都管你三顿包子了！"

"别急啊胖婶，等我做音乐赚了钱，别说三顿包子，整个包子铺都能给您收拾好咯。"

"啊呸，你个流浪汉！"

疯狗穿过一条只能挤过一辆自行车的巷子，我和一只黑猫正面相撞，疯狗直接一把拽起我，并从猫身上挤了过去。他嘴里叼一根牙签，带我来到一块旧工地，工地左侧停着一辆废旧轿车，四周是泥坑。

"这是哪儿？"我有点后悔了，十几岁的我不傻，这感觉就像是进了贼窝。

之后眼前出现几个人，同疯狗一样，身穿脏衣服，只是腰间没挂吉他，头发也不是黄色的。疯狗和他们杵在一块低着头说事，没多久他喊我过去，我站在他们中间，其中一个很胖，肥肉溢在衬衣下，头发凌乱，一脸肥肉。

疯狗说："喏，就这小孩了，在我们那片天桥底下撞见的，一个人，我就给带了来。"

胖子看我，又看疯狗，指着我说："疯子，一小孩，你带他能干啥？哥几个最近手也不行，怪气得很，这片区来了几个协警，前几日不是三儿和虎子都进去了吗？这再来一个可不好养活啊。"

"有虎子你怕啥，没几天就出来了，这娃我可得给收留了，想当年老子就是十几岁出来搞音乐的，也是在天桥底下被老大给收留了。”

“你搞个啥的音乐，你那叫流浪……”

“我要走！”我打断他们的对话。

疯狗拍我的肩：“有志气，小二流，可你出去转悠下，就你这模样，爹死了，叔又不要，无家可归的娃不出三天就进了那些没组织的帮派，到时候，你上哪去找我这么一个哥？”

“啥帮派？”

“扒手啊。”

“那你们是啥？”

“我们啊，”疯狗语重心长地说，“我们是梁上君子。”

4

我成了梁上君子中年龄最小的，疯狗和我说的时候我还不懂梁上君子是什么意思，我知道天桥底下那几个人，用江湖术语来说叫散枝，无组织无纪律，也不懂得梁上君子的门道。

那时候我知道，不管如何生活，总要勤奋点，靠着双手挣钱，门道又很多。我跟着疯狗来到聚集点，我们大概二十个人，晚上睡在旧工地的帐篷底下。这帐篷底下居然还有女人，疯狗说那是关键时刻使美人计用的。

别看疯狗穿着邋遢，看着不像是有钱人的样子，他曾悄悄地换上干净的衣服带我逛过夜上海 KTV，里面有个女人叫阿春，是疯狗相好的，每次去夜上海，疯狗总要去包房快活几个小时。

这个阿春长得好看，波涛汹涌。

疯狗说：“小二流，明儿虎子就出来了，到时候带你去见识见识啥叫梁上君子。”

虎子是疯狗一直挂在嘴边的名字，我从没见过。他跟我讲虎子灵活，前不久被几个协警给逮着了，明儿虎子就出来。

疯狗还嘱咐我，扒手这行油水高，底下的人每月都有固定工资，别看我们穿着破烂，住的是帐篷，都是为了掩人耳目，让别人以为这就是流浪的乞丐罢了。

“小二流，人心是不需要去同情的，你同情了他们，他们会转身反咬你一口。”

“如果我被偷，我也会反咬一口的。”我认真地说。

疯狗看我半天，耸肩：“有句话咋说来着，干一行爱一行。”

那晚在夜上海我学会了抽烟，第一口烟从嗓子里冒出，没有丝毫难受和不安。

我第一次知道，什么叫享受，就像是从出发点驶出的列车，没到终点，不敢刹车。

5

第二天我们装备齐全，换了衣服，疯狗分散人群，其余的人在马路对面，我跟着疯狗在站牌底下。

日头很晒，我半睁着眼睛，看见马路对面走过来一个男人，戴着一顶黑帽子，疯狗上前去打招呼，然后他招呼我过去："来来二流，这是虎子，刚出来就赶上我们这趟，叫哥。"

"哥。"

"哟，小孩啊，哈哈，"虎子大笑，"疯子，这在哪儿找的小孩啊？"

"别打哈，今儿他不上，主要带出来见见场面，"疯狗给虎子点支烟，"你瞧，喜妹也出来了，这座神好不容易出山，价钱也不低啊。"

虎子抬头打量着对面的马路，一阵出神："这搞大了，这是要上演美人计啊。"

我盯着对面看，疯狗一直说的喜妹身穿一件黑色吊带裙，露胸，裙子刚好到大腿根那儿，大波浪卷发，耳环是大圈，垂在肩膀处，别有一番风味。

只见她站在站牌底下，故意用胸部去碰面前男人的身体，男人的后背钻进喜妹的胸下，他估计是下身一紧，瞬间回头就看到了喜妹的搔首弄姿，他一脸坏笑，去摸喜妹的屁股，被喜妹反手轻轻抓在手里："嗨，帅哥，改天玩玩啊。"

之后就是一群人挤上去，胖子也在里面，然后我就看到虎子穿过人堆，三秒钟钻到男人腰间，手里拿着刀，以迅雷不及掩耳之势撬开拉链，喜妹一把勾住男人的脖子送上香吻之际，虎子已得手撤回，喜妹也在胖子的掩护下抽身。

我和疯狗跟在虎子身后从站牌处撤走，身后有的人嘲讽地说："遇到美女最好不要贪杯，不然家伙都丢咯。"

那是我第一次目睹了梁上君子的所为，那爽劲真是好酷。

我跟着虎子，去坐公交车，虎子专挑老太下手，他说人老了身子骨不灵活，而且那些穿着朴素干净的老太多半是退休老人。可公交车上得来的钱毕竟不多，我又和虎子转战蹲过取款机，得手过三个人，都是女人。疯狗嘲笑说我们专挑软柿子捏，其实他不知道，软柿子都是油水很足的。

前几个月，我们多人配合完成过一出大戏，虎子伺机施展空空妙手。

这种得钱的功夫让我一度纸醉金迷，毕竟人活在世上的梦想就是不费吹灰之力就来钱。

一年后，我算是从扒手新手期毕业了，我和虎子搭档，有时候邀请喜妹友情出演一下，我们合作也算愉快。疯狗那段时间算是解放了，他白天去天桥底下继续做他的歌手，晚上就去夜上海找阿春，日子过得舒坦。

那晚八点，我和虎子继续蹲点，阳光广场人多，赶上手机公司做活动和新生开学，这地理位置极好的广场成了有名的人多胜地，也成了扒手施展功夫的好地方。

可人终究不是傻子，他们知道提防，自从去年疯狗带人偷了五次钱包和手机之后，这地方就出名了，每碰见一个会说话的，总能天方夜谭几句在这里被偷或者是目睹被偷的经历。

所以你看，他们的口袋多半都不会装现金，包也随时挂在胸前，有人会下意识地伸手去摸口袋或者包，这是惯性，无可厚非。

虎子挑一个位置站立：“待会儿看我眼色行事。”

晚上八点，广场人很多，人群中散发的气味就像我们住的帐篷气味一样，令人作呕。我还是打算挑软柿子去捏，四处打探人群。我看到一个胖女人，穿一件粉红色衬衫，大脸盘顶着一头短发，我立定一看，这是我二婶啊，真是冤家路窄。

我赶紧拽过还在四处张望的虎子："走走走，今晚出师不利，碰到熟人了。"

"谁？"

"我二婶。"

虎子突然把我往前拽："那更好啊，二流，你还记得她让你进猪圈喂猪，她骂你是垃圾的事吗？刚好，冤家路窄，我们宰她一笔，好帮你出气啊。"

是啊，这女人当初把我挡在门口，骂我是垃圾，她逼得我走了这条路，按理说，我的今日真是拜她所赐，不让她领教领教我的本事实在说不过去。

我给虎子使了眼色，钻过人堆，假装一个不留神，就撞歪了二婶。我本打算撞倒她的，奈何她太胖了，底盘够稳。

她面目狰狞，准备开口骂人，低头一看是我，先是一愣，又做出恍然大悟的表情："小垃圾？你这身打扮，倒像是乞丐啊。"

"二婶。"

"别喊我二婶，沾了你们这门亲戚真是倒了八辈子血霉！呸！"

"二婶，"我有点懊恼，毕竟我也不是当年的软柿子，"您讲话注意分寸，您那张破锣嘴真是不饶人，小心改天雷劈死你。"

她卷起袖子，像是要干一架的样子：“嗷？敢情你是不是每晚都在咒我，你个没良心的小垃圾，你二叔修你爹留下的破船，一脚踩进泥里，扎到了铁块，现在在家里躺着呢，你说我们一家上辈子造的什么孽啊？”

“啥？”

“你在外面风流快活，想过你二叔的感受吗？”

我有点站立不住，满脑子都是二叔，小时候他扛我上街吃糖人，孙悟空难做，他也不嫌弃等的时间久。我下河坝玩，他就和我爹坐在岸上喝烧酒，他待我还是好，只是有时候碍于二婶阻拦，很多时候他会收起那颗心。

只是当时不懂，现在好像突然间开窍了。

“二叔还好吧？”

我问这话时，虎子早已得手，他蹲在二婶左臂处，用管子撬开她的包，连同包里的手机一起装进兜里，这些我都看在眼里。

二婶咬牙切齿地说：“好不好都不关你事，告诉了你，你还能借我钱啊，呵呵。”

她一副不想和我牵扯的模样，扭头就走，我还想问什么，终究是没开口。我和虎子蹲在长椅上，他抽着烟，翻着战利品。

一张存折，二婶的身份证，还有一沓子五万块钱的现金以及医院给二叔开的单子。

“脚……筋，这是啥字来着，这大夫写的字真难认啊，”虎子把单子拿近些仔细看，“脚筋，断裂，哦哦，是脚筋断裂啊，哈哈，二流，你叔这是遭报应了啊。”

我捏着那沓钱，续一根烟，蹲在地上没发出一丝声响。这是二叔救命的钱，我得送回去啊。

6

我说:“我不干了。”

疯狗坐在我对面，扔给我一包烟，淡淡地问我:“为啥不干了？”

我愣了下:“昨晚我和虎子劫的钱是我二叔的救命钱，我想送回去。”

疯狗对这个回答显然有些不悦，他眉头皱在一起:“二流，你要知道，进了咱这行，不是轻易能洗手的，老江湖干了几十年，被人逮着的时候，还是少不了挨顿揍的。”

我又说:“行，那把昨晚的钱给我，我去还了。我们继续瞅下一家，干一票大的。”

疯狗似乎很不满意这句话，他手里捏着烟盒来回绕圈:“二流，你见过哪个贼把偷来的赃物送回去的呢？”

那时，我还不太懂这个道理，我以为那是疯狗的心胸狭窄，见了钱就没了兄弟情，我也知道那钱是要拿去给底下兄弟发下个月工资的，当然肯定有剩下的，他自会拿去夜上海喂他的阿春。

他曾经和我说过，女人就像扑克牌，不该出手时不能出手。但如果是阿春这种占山为王的扑克牌，哪个男人都惦记，唯独他出的价钱高，所以这阿春就成了疯狗独有的。

疯狗说："二流，你要送去也行，但你答应哥，送了这钱，你得保证再给老子干一票相同价位的。"

"好。"

我又补充一句："干完这票，我就不干了。"

疯狗嘴里叼着烟，在烟雾中无奈地点点头，示意他知道了。

是那沓钱让我有了不想干的想法。我二叔为人老实，一辈子不偷不抢，经营一家小卖铺，他是地道的农村人，娶了我二婶，生了几个娃，一辈子也就这么过来了。可他对我死去的爹终究是愧疚的，小时候我爹告诉我，你娘跑了，大伯死了，唯一的兄弟是你二叔，我们哥俩不会起嫌隙。

我爹死那天，他显得很落魄，守着那河坝半宿未合眼。

而我如今干的这老江湖，正是他之前念叨过、鄙视过的。

我拿了钱，换了身干净衣服，坐了汽车去了二叔家。到村口时已是晚上九点多，那条死过爹的河坝被污染的河水染黑，河坝边架起的淘沙船也年久未用，像是干枯的树枝般杵在那个地方，我爹连尸首都没有，或许每次我二叔想起他时，都会站在这里吧。

在村里的小路上碰见二柱和驴蛋，夸我出息了，个高了，有本事了。

我进了二叔家大门，门口挂着大蒜疙瘩，里屋的灯亮着，二婶在厨房。

"二婶。"

她转过肥胖的身子看我，然后扯着嗓子大喊："当家的！快出来！"

我看见二叔端着个大碗从里屋摇摇晃晃走出来，他的步伐刚劲有力，扎实稳妥，一点儿也不像是脚有问题。我狐疑地看着他，瞬间就挨了他一个耳光，那个耳光那样稳妥地落在我脸蛋上。

接着他说："你个废物！真是丢了你爹的脸啊，养你这么大有何用？混不下去又怎样？小小年纪跟人家去学做贼！"

"贼？"

"咋啦，你还跟我装蒜不成，你二婶以前骂你真是对的，我替你爹教训你，他死了，我还在，你还能上天不成？"二叔说得干咽唾沫星子。

"二叔，你，怎么知道的？"

"你别以为我就没看过你偷人家钱，在公交车上看见过，在取款机附近也看见过，多亏你二婶眼尖，你知道二叔跟踪你几天不？你真是丢了你爹的脸啊！"二叔扇自己一耳光，老泪纵横，"可惜他死了啊。"

"二叔，"我低着头，"你的脚没事吧？"我说完把那钱从口袋里掏出，放在桌子上。

"那是你二婶想的办法，哪有脚的事，都是为了抓住你。"他突然一把抓住我的胳膊，二婶迅速捏住绳子，二人将我捆绑好，"二流，你就老老实实准备进去好好接受教育。"

二婶走到我跟前："二流，婶的破锣嘴不好，但是婶有良心，婶知道脚踏实地，婶敢拿这一沓钱来和你打赌，你叔说，如果你良心也坏了，不管叔的死活，大可逍遥自在去。"

二婶拉过二叔，说："就该好好教育，以前我或许是骂得太凶了，但都是为他好啊。"

夜很黑，有蛐蛐的叫声。

7

二叔把监控录像交给了民警。

我如实招了所有事情的经过，以及参与窃钱的整个过程，并且带着他们搜查了天桥底下和帐篷，使用了一点小计谋，把疯狗和虎子他们都聚集在了派出所。

灯光聚焦的派出所，民警拍着桌子高声喊："好啊，你们这群王八蛋！天天在这片溜达，这简直是盗窃团伙啊！"

原来这绿皮火车，从出发点发车，走不到终点就被我踩了猛刹车，车里的人前俯后仰，东倒西歪，其实他们巨讨厌这种突然的猛刹车。

真的会让人闪了腰。

疯狗面目狰狞，咬牙切齿地骂了一声："狗日的！"

爷爷和一头驴的故事

1

西坡路上方是三队的麦场，麦秆子压住褐色的土路，露着肚皮的红土在崖上围了一圈，这圆圈，被几摞玉米秆子围起来，中间是麦穗，前后左右都是新收拾的麦场。场面干净，光溜的麦场后头放着几个我爹闲暇时新做的木风车，上面刻着一个特别大的“胡”字。我娘头上围着白毛巾，跪坐在麦秆上，膝盖底下压的是麦穗，硕大饱满的粮食颗粒顺着她的膝盖滚落，掉在竹席上，再顺着缝隙，漏在簸箕上，装进麻袋里。

这时候我抬头，再站起，就能看到离麦场很远的陡坡上，老槐树底下拴着的那头驴，它毛色发红，屁股后头是驴粪，四周有苍蝇和蚊子来回蚕食。

这是服役我家五六年的老驴，我爷在世时，他用三袋粮食，徒步去定西上北村的老庄镇换来的，那个年代，庄稼就是贫农的根，它能让人吃饱穿暖，就是老天爷赏的最大的恩赐。我爷用他顶着日头晒干晾好的粮食，换了这头毛驴，牵着它一路走走停停，到了这秦巴山区。

这驴刚进门时，正是无生计之源的时候。那是二十世纪八十年代初，我只有七八岁，我家最大的土房里头被我爹连夜做了几个鸡架，再从伏镇最大的养殖场，搬来一群鸡，在鸡仔时就养在暖炕上，等到再长大点，就上架。

我爹指指驴，又指指架上的鸡，问我爷：“爸，你换的这驴，也派不上啥用啊。”

我爷嘴犟啊，他本是木匠出身，大半辈子走南闯北，中华人民共和国成立前都能被称一声“师傅”，他拿粮食换来的驴，哪能闲着，我爷拿着水烟杆敲敲鸡架：“那就看门！”

于是，这头瘦不拉几、干瘪、毛色发红的驴，就拴在我家的葡萄架上，给它做伴的，是一条毛色发黄的土狗。

2

一头驴和一条狗，老远被拉开的影子，折射在葡萄架上，一瘦一高，两两相对。村子里炊烟弥漫，到处散着糊糊面和炒辣椒的香味，学生娃们放了学，总会绕到我家门口。前几日，他们放下布书包，拿一根木棍，来惹拴了黑绳的土狗。这土狗听着声不对，就往前蹿，扯开嗓子就叫唤。

这几日，土狗倒是受了冷落，这驴，倒是惹得学生娃左一群右一群地围观。有人问我：“它为啥不下地干活？”我说：“这是看门的驴。”这就引得一片大笑，胡尚家的老三，比我小几岁，调皮得不行，他个头小，一个不留神钻到驴肚子下，伸手就去拔驴肚皮上的毛，惹得这驴发出吃力的叫声。

我跟爹说:“别让它看门了，让它下地干活吧。”我爹端一碗糊糊面，搅着碗里的红辣椒，蹲在门槛上，抬头就看这驴，嘴里叨叨说个不停，大概意思就是老爷子倔，非得去换驴，死犟死犟的不听劝之类的。

最后，我爹决定，宰了它。

做这个决定时，正是腊月。大队石磨盘上拴着的那头老黄牛，正被老胡叔用一把斧子砍牛腿，整个牛身已被切成两截，分别泡在木桶中。腊八过了就是年，最忙碌的地就是这石磨盘跟前，四周的老树都被悉数砍去，留了一片空旷地带，杵着几根木棍，上面架几根粗竹棍，竹棍上绑着绳，谁家杀了猪，就挂在此处来领。

腊月里，石磨盘最热闹，这里有肉吃，还能看老胡叔大刀阔斧挥洒汗水的场景，临时搭建起的屠宰场，成了村里人吃杀猪饭的嬉闹地。凝固的猪血和着馍馍上锅就蒸，出锅后放蒜苗和大蒜，就成了美味炒猪血。

我爹拉了这头驴，把它交给老胡叔时，老胡叔摆手拒绝:“大侄子，你得知道这是你爹换来的哩，我咋能给宰了！”

“叔，我爹去镇上卖板凳了，不在啊！”

“那也不成哩，你爹回来了，我没法交代啊！”

晌午，我爹换了身衣裳，裹得严严实实，他拉了驴出门，我跟在他身后。我爹到了老胡叔那，自个拿了一把砍刀，老胡叔把刀从我爹手里抢过，放在磨石上反复磨，待到刀刃锃亮:“我给你弄，你来杀，自古杀畜生，除了这猪，其他畜生都是有生命的，我要是杀了，对不起规矩，更何况这驴，你娃啊知道的，我还没杀过哩！”我躲在驴胯子后方，它感知到，转过头，竖起两只耳朵，看我。那是生命的蓝，像厨房上的烟囱，流出的烟雾，熏得人眼睛睁不开。那是我第一次和这畜生对望，它在葡萄架下数月，我只从它跟前匆匆走过，从不停留，若是停留，就是蹲在跟前给土狗的狗碗里放馍馍吃，或者是大雨时，给土狗的狗窝上盖一毛布。

它眼睛发黑，论起我在书上瞅见的驴，它算高大的驴，整个驴身快赶上马了，它的头大耳长，胸部稍窄，四肢瘦弱，颈项皮薄，蹄子很小，但挺结实，躯干很短。奇怪的是，它的毛色发红，我往前凑几步，蹲着身子，伸手去擦毛发，才知那暗红色是本身的毛色。

终究是杂交种，一生都逃不过驮东西、拉车、供人骑乘的命运。

我爹说，这是驴的命，它的一生都是服役于人，那是一种命，与生俱来的命。就跟我们人一样，两条腿、一张嘴，各凭本事服务，临了，也是一张空皮囊。

3

老胡叔把驴牵到大队院的土墙后边，我爹拿着砍刀跟在身后。他把牵鼻绳缠在树干上，然后拿起砍刀就在土墙上打洞，之后把驴牵到跟前，把绳子拴在洞口处，打结固定，这两种方法都得保证驴头后仰，嘴张开，老胡叔讲，这样畜生死得快，少受罪。

一切就绪后，老胡叔把砍刀递给我爹："侄子，畜生一生为庄稼地服务，你下手快点，让它少受点罪。"

我爹"呸"的一声吐一口唾沫在手掌，然后使劲揉搓，他原地跳几下顺气："这畜生没下过地，没事哩！"

这之后你猜怎么着？我爷从我爹背后杀出，抡起背篼里的板凳就朝我爹屁股砸来，他一鼓作气，一脚踢开我爹，他老人家身手敏捷，上去就把砍刀横在我爹跟前，我爹抬起屁股，顺着土墙欲跑，两腿直哆嗦。我爷捂着胸口大口喘气："你这贼货，你今个宰了它，我跟你没完。"他又一把揪起我爹的下巴，来回就两巴掌，扇得脸通红。

自打那时起，我再也没想过吃驴肉，红瓢瓤白的肉，在味蕾中下肚的爽快，在我爷那一巴掌下，失去了原本的味道。那驴的牵鼻绳，捏在我爷手中，他缠了几道，牵着它，走在黄昏的小道上，鸭群从水塘上岸，浑身乌黑，有几只踮着脚跳到我爷脚下，他弯腰伸手，触摸鸭毛，转身再摸几下驴，驴把头依偎在我爷怀中，之后这两个影子被落日拉长，消失不见。那是老者和老友的慰藉，俯仰之间，老之将至，我爷的四海平生一顾，这驴终归是他的"引路人"。

我爷救了驴，他把驴从葡萄架上牵走，绑在旧屋的老槐树旁，每日清晨天擦亮，他牵着它去下村驮粮食，晌午时分，两个影子靠着老槐树歇息。他给驴的脖子处绑了铃铛和红布，打扮得分外好看。

我跟爷说："我想和它耍。"

我爷眯起眼睛就笑："耍去，切莫伤它。"

我拉着它上了坡，穿过一片片老庄稼地，有的荒了，有的长满杂草。驴跟在我身后，它越过一片杂草，整个身子陷进杂草中间，摸索着看不清前路，我开始拽它，它的嗓子发出"吱罡吱罡"的惨叫声，它或许在埋怨，埋怨我的卖力、我的不公，我作为人，对它施加的恶言。我继续俯下身子往前拉，它这才从杂草堆挤出，到了坎上。坎下是整个村子，炊烟上飘着青烟，从这望去，人群最多的，当属石磨盘四周，有人抽水烟，娃娃跳绳滚铁环，妇女扛起锄头下地，光遮住树荫，乘凉膝下，好生淡然。

驴悄没声溜到我跟前，它在离我一米处站定，顺着我的视线，望着整个村庄。

那一瞬间，我们像两个难得一见的兄弟，抬头看天，把酒言欢。

4

这是我爷的驴，直到我爷过世，他扶着炕沿交代后事，咽气时，指着窗户外面，只和我爹说了四个字“好生照料”，那是老爷子后半生的慰藉，在我爷心上，那是他的老友，从他用粮食换下的那刻起，就注定了照料一生的老友。而它，跟着我爷上坡，驮粮食，懒散地窝在马扎上晒太阳，它注定是为我爷服役的。

我爷死后埋在上阴坡的石栏处，上风上水。那头驴，我爹一直养在后院猪圈。后来我一直在外读书，很少回去，寒假时回家，我爹说老驴已经死了，死时没受啥罪，蹬了几下后蹄，死时也吃得饱，没饿着。那晚啊，月亮圆得出奇好看，村里的人来来回回，老少更替，我仿佛又看到我爷，握着水烟杆，蹲在马扎上晒太阳的日子了。

我爹讲，畜生有命，我爷惜命，他眼里向来揉不得沙子，那头驴，是他后半生的老友，他啊，看得重。

都说人各有命，畜生又何尝不是呢？

多年后，村子老少反复更替，换了新楼，拆了旧土房，水泥路直通到石磨盘那，老黄牛不见了踪影，彩电代替了黑白电视，我家从村子迁出那天，我爹拍打着踩在脚下的路，叹气一声，用袖子擦泪，他驼了一辈子的腰，在走的那天，挺得直溜坦然。

图书在版编目（CIP）数据

我把北方念给你听 / 凉子姑娘著 . —厦门：鹭江出版社，2018.8
ISBN 978-7-5459-1484-9

Ⅰ. ①我… Ⅱ. ①凉… Ⅲ. ①短篇小说—小说集—中国—当代 Ⅳ. ① I247.7

中国版本图书馆 CIP 数据核字（2018）第 142291 号

WO BA BEIFANG NIAN GEI NI TING

我把北方念给你听

凉子姑娘 著

出版发行：鹭 江 出 版 社
地　　址：厦门市湖明路 22 号　　**邮政编码**：361004
印　　刷：三河市兴博印务有限公司
地　　址：河北省廊坊市三河市杨庄镇大窝头村西　　**邮政编码**：065200
开　　本：880mm × 1230mm　1/32
插　　页：1
印　　张：8.75
字　　数：191 千字
版　　次：2018 年 8 月第 1 版　　2018 年 8 月第 1 次印刷
书　　号：ISBN 978-7-5459-1484-9
定　　价：42.00 元